산다는 것은
1%의 기적

치열하게 살아온 전여옥의
인생 후반전

전여옥 지음

산다는 것은
1%의 기적

매일경제신문사

그날 밤 우리는 신나게 놀기로 했다.

후배 1, 2, 3과 나는 저녁을 배가 터지도록 먹었다. 그리고 너무도 당연하게 노래방으로 진출했다. 전원이 탬버린을 흔들고 춤을 추었다. 물론 음정 박자에서 자유롭게 이탈해서 마음껏 고성방가를 했다.

지난 겨울 송년회였다. 평소 아끼는 40대 초반의 여자 후배들과 원 없이 놀기로 한 자리였다. 그녀들은 겉으로 보기에는 기껏해야 30대 중반으로 보였다. 직장과 남편, 사랑스러운 아이들이 있는 안정된 일상을 살고 있는 친구들이었다. 또 한 친구는 전문직을 갖고 싱글라이프의 극대치를 즐기고 있었다. 야무지고 똑똑하고 예뻤다. 으레 외모에도 신경을 많이 쓸 수밖에 없는 그녀들의 옷과 액세서리, 가방, 구두를 나는 늘 유심히 표 안 나게 살펴보고는 했다.

인생이란 로또가 아니다. 그녀들에게도 그랬다. 삶이 주는 자잘한 고통과 턱없는 스트레스와 불만의 한 해를 이렇게라도 보내며 풀어야 했다.

나 역시 마찬가지였다. 청룡열차는 저리 가라 할 정도로 최신형 롤러코스터에 탄 내 인생이 부담스러웠다. 앞으로 어떻게 살아야 할지 막막했다. 계속 롤러코스터를 갈아타면서 살 것인가? 아니면 얼른 내려서 기껏해야 유리잔끼리 부딪치는 정도의 미니카를 운전할 것인가? 머릿속이 복잡했다. 그 모든 상념이 얽힌 채 '어리석은' 나와 '스마트한' 후배 1, 2, 3은 노래 방에서 아무튼 혼신을 다해 놀고 있었다.

"똑똑!"

노래방 아저씨의 갑작스러운 출현이었다.

"웬일이세요? 아직 시간 남았는데…"

노래방 아저씨는 사람 좋은 웃음을 짓더니 차가운 이슬을 뿜어내는 맥주 네 캔을 내려놓았다.

"저 옆방 친구들이 거기도 4명이라고, 함께 노는 것 어떠시 냐고…"

나는 진짜 엄청 놀랐다. 내 인생에 처음 겪는 일이었으므로. 그러나 그녀들은 적잖게 겪었던 일이었나 보다. 전혀 당황하지도 놀라지도 않으면서 여유 있는 미소까지 지으면서 아저씨한테 말했다.

"좀 의논해 볼게요."

그러나 아저씨는 반색을 하며 맥주 네 캔을 내려놓고 나갔다.

'요새는 이런 경우 어떻게 하는 거지?'

사회생활하면서 나에게 노래방이란 순수한 업무 시간이었다. 일본 특파원 시절에는 업무상 말 그대로 점잖은 가라오케, 기자 시절에는 상사와 동료들과 함께했던 노래연습장, 정치인 시절에는 다양한 사람들과 접촉하기 위한 장으로서의 노래방이 전부였다. 물론 재미없게 산 것은 아니었지만 지금과 같은 유혹(?)은 없었다.

나는 괴테가 진정 옳았구나 싶었다.

"그녀가 정숙한 것은 오로지 유혹이 없었을 뿐이다." 나는 슬쩍 후배들의 눈치를 보았다. 후배 1이 말했다.

"아까 들어오면서 보니까 한 20대에서 30대 중반 같던데."

후배 2가 말했다.

"옷차림을 보니 저 옆 건물에서 근무하는 친구들 같은데."

후배 3이 말했다.

"그중 한 명은 미소를 날리는데 완전 훈남, 호호."

역시 나의 후배 1, 2, 3은 예리하고 야무지고 스마트했다(?). 후배 1, 2, 3은 약속이나 한 듯 나를 쳐다봤다.

'어쩌라고?'

나는 난감했다.

그 순간 이번에는 직접 옆방의 그 훈남이 왔다. 마른안주 접시를 들고서.

"저희 절대로 이상한 사람들 아니고요. 그냥 같이 재밌고 부담 없이 놀자는 뜻에서… 혹시 실례한 게 아닌가 해서 왔습니다. 이 안주 그냥 편하게 받으시고요."

은근히 자신의 외모적 매력과 예의바른 성품까지 과시하면서 나갔다.

"인상이 좋네요."

후배 1, 2, 3이 제비처럼 입을 모아 했다.

그런데 솔직히 나는 두려웠다. 일단 저들은 나를 못 봤을 것이 분명했다. 이 30대 중반으로 보이는 여기 이 예쁜이들과 나? 내년이면 60을 맞이한다. 전에는 아줌마라고 불리면 팍 째려도 보았건만 요즘은 아줌마 어쩌구 하면 내심 기쁘기까지 하다. 아직 할머니로는 안 보이나봐? 하며 흐뭇하다. 나도 그들과 신나게 놀고 싶다고 말하고 싶었다. 그런데 후한이 두려웠다.

"아니 여기는 아니네?" 하며 나를 재수 없다는 듯이 쳐다 볼 가능성 60%.

"우리 이모랑 닮으셨어요" 하며 자비심을 베풀 가능성 30%.

"오늘 효도관광 온 셈 치죠, 뭐" 하며 자원봉사를 할 가능성 10%.

토탈 100%!

나는 데미 무어같이 연하의 남자를 좌지우지하는 쿠거_{Couger}는 분명 아니다. 언감생심. 그러나 참으로 안타까웠다. 내 앞에 놓인 이 냉엄한 현실이 말이다. 네가 데미 무어처럼 얼굴관리를 확실히 하고 멋진 몸매를 갖고 있다면 달랐을까? 라는 쓸데없는 생각까지 하고 있다. 그런 기적이 일어날 확률은 1%에 불과할 것이 분명했다. 아, 정신 차리자. 현실에 눈을 크게 뜨고 유리창에 비춘 네 얼굴을 확인하자.

그래서 나를 빤히 쳐다보는 후배 1, 2, 3에게 말했다.

"저기, 오늘은 우리끼리 놀기로 했으니까. 음, 부담스러울 듯해요."

진심이자 거짓이었다. 후배 1, 2, 3은 "그렇게 해요"라고 말했다. 우리는 다소의 아쉬웠지만 노래방 시간까지 연장하며 불타는 밤을 보냈다. 그리고 내일 일정을 위해 마지막 전철은 타야 하니 12시에 그 방을 나왔다.

저녁부터 마신 와인에, 더 쉽게 취하는 공짜 맥주에, 막판에 추가한 맥주와 소주, 소맥까지 드셨다. 후배 1, 2, 3과 나는 영락없는 관광버스에 탄 아줌마 같은 표정이 되어 계산대로 갔다.

"아, 우리도 지금 가는데!"

바로 옆방의 전령사(?)로 왔던 훈남이었다.

"아, 네, 네,"

나는 얼른 키 큰 후배 1 뒤에 숨어버렸다. 그때였다. 훈남 옆에 있던 인상 좋은 남자가 내게 다가왔다.

"저 실은요, 들어오실 때부터 봤거든요. 그냥 전여옥 선생님과 대화를 나누고 싶었어요."

'아니! 세상에!'

나는 순간 머리가 띵 했다. 내가 무슨 생각은 한 거지? 그렇게 거절한 것이 우습기도 하고 후회되기도 했다. 한편으로는 크게 깨달은 게 있었다. 여전히 '나의 상품성(?)은 대화의 상대로서는 건재한 거였구나'였다. 이 훈남과 인상 좋은 남, 키 큰 남 그리고 옷 잘 입은 남에게까지 말이다.

"다음에 꼭!"

나는 진심으로 후회했다. 나의 어리석은 판단과 결정, 그리고 행동에 대해서 말이다. 후배 1, 2, 3과 나는 낄낄거리며 추운 12월의 밤과 이별했다.

  그들에게 나는 그저 좋은 얘기를 나누고 싶은 선생님일지 모르지만 여전히 그런 그들은 보면 설렌다. 이 설렘의 감정은 물론 연애 감정과는 다르다. 생각해봐라. 20대에는 이 나이쯤 되면 설레는 감정은 남아 있지 않을 거라고 믿었던 것 같다. 하지만 여전히 인생은 설레고 행복한 일투성이다. 이런 '1%의 기적'은 우리 삶에 무수하게 널려 있다. 나는 그날 이후, 1% 기적 만들기에 혼신을 다하며 살고 있다. 이 글을 읽는 독자들에게 꼭 전하고 싶었다. 산다는 것은 1%의 기적을 잡는 것이라는 말을…

2019년 12월

전 여 옥

목 ── 차

PART 1

인생을 위한 ———— 작은 조언

콩코드의
오류

콩코드 오류 Concorde fallacy 라는 말이 있다.

초음속으로 쌩하고 달리는 콩코드 비행기 개발에 막대한 돈을 쏟았다. 그런데 막상 계산기를 두들겨 보니 이른바 채산성이 맞지 않았다. 전문가들은 다 여기서 멈추자고 했다. 그러나 콩코드 프로젝트를 추진하던 회사는 워낙 들인 돈이 많아서 이대로 그만둘 수가 없다고 했다.

결국 콩코드는 비행을 시작했고 이른바 영화배우 등의 셀럽들이 고객이 되었다. 그러나 얼마 못 가서 콩고드는 비행을 중단했다. 워낙 고가여서 타는 사람들이 별로 없었기 때문이다. 이렇게 그만뒀어야 하는데 매몰비용을 감당할 수 없어 그대로 밀어붙였다가 쫄딱 망하는 것을 '콩코드 오류'라고 한다. 이런 실수는 비행기만의 문제가 아니다. 우리 삶에서도 그런 경우가 얼마든지 있다.

"그 사람과 7년 동안 사귀었어요. 물론 결혼을 전제로요. 그런데 각자 바쁘다 보니까 그냥저냥 지냈어요. 제 직장도 꽤 업무량이 센 편인데 그가 전직을 하면서 저보다 더 바빠졌어요. 어떤 때는 주말에도 시간이 없다고 해서 이해하고 넘어갔는데 알고 보니 새로운 사람이 생긴 거예요. 어쩌면 좋지요? 이별을 통보하려고 해도 지난 7년의 시간이 물거품이 되는 것이 두려워요. 그리고 저는 그를 여전히 사랑하고 있어요. 그를 기다려야겠지요?"

이미 결혼을 한 경우도 다르지 않다.

"남편이 바람을 피워요. 하지만 그것만으로 우리 결혼생활을 깨버리기에 제가 쏟아 부은 것이 너무 많아요. 우리에게는 지난 18년의 시간이 있잖아요. 저는 남편 없이는 살 수가 없어요. 남편은 반드시 돌아올 거예요. 바람 피우는 것도 곧 싫증이 나겠지요. 바보 같은 짓을 저질렀다는 것을 깨닫고 저한테 다시 올 거예요."

그 남자친구 기다리면 돌아올까? 그 남편 바보 같은 짓을 후회하며 다시 제자리로 올까?

"그는 오지 않는다."

진화심리학자 데이비드 버스David Buss는 이 콩코드 오류를 '들

20

인 비용 오류'로 설명하며 심리학적으로 풀었다. 너무 많은 비용을 썼기 때문에 되돌릴 수 없다는 것이다. 그는 콩고드 오류는 내일이 아니라 어제만 생각한 결정이라고 설명한다. 경제학자를 비롯해 경제관념이 투철한 이들은 미래의 이익만을 따져 결정을 하지만 심리학자를 비롯한 우리 인간들은 인생을 좌우하는 중요한 결정이라도 과거에 얽매여 하는 경우가 많다는 것이다.

물론 우리 인간이 왜 그런 과거를 바탕으로 결정을 하는지에 대한 이유도 설득력이 있다. 제로세팅을 하면 초기비용뿐만 아니라 엄청난 돈, 시간, 노력을 처음부터 다시 투입해야 하기 때문이다. 새롭게 남자를 만나고 데이트를 하고 다시 감정을 불태우는 일은 엄청난 자원이 들어가는 일이다. 다시 그 일을 하는 것이 지겹기도 하지만 새로운 남자친구를 만나기엔 이미 그녀 나이는 40이다. 바람 피우는 남편을 둔 여자도 마찬가지이다. 대부분의 이혼은 여자의 경제적 계급을 2~3단계 정도 가뿐히 추락시킨다.

그러나 우리 모두 알고 있다시피 들인 비용만 생각하다가는 내일로 나아갈 수 없다. 따라서 콩고드 오류는 그저 심리적 고장상태인 것이다. 미래에 대해 자신이 없어서 과거를 떠올리는 것이다. 앞으로 나아가기 겁날 때 자꾸 뒤를 돌아보는 것과 같은 맥락이다.

결국 콩코드 비행기는 비행을 중단했다. 그가 과연 돌아올 수 있을까? 콩코드의 채산성을 제대로 분석해야 했듯이 우리의 과거도 냉정하게 계산해야만 한다. 콩코드 비행기의 운영을 계속 고집한다면 그 결말은 뻔하다. 초음속 여객기 콩코드는 파리와 뉴욕을 3시간대로 날아갔다. 그러나 콩코드의 이코노미 요금은 보통 비행기의 퍼스트석보다 비쌌고 뜨고 내리는 데 소음 또한 엄청났다.

승객수가 줄어들어 적자행진을 계속했지만 그대로 갈 수밖에 없었다. 그러던 2000년 7월 파리에서 뉴욕으로 가던 콩코드가 이륙하다 폭발했다. 이 사고로 100명의 승객과 9명의 승무원이 전원 사망했다. 결국 2003년 11월 26일 콩코드는 역사 속에서 사라진다. 이후 콩코드는 영국과 미국의 박물관에서 쓸쓸한 노후를 보내고 있다.

'지금 이대로'를 고집하는 것은 바로 나의 미래와 가능성을 야금야금 갉아먹는 짓이다. 이거야말로 나에게는 내일이 없다고 세상에 푸념하는 일밖에 되지 않는다.

박제된 콩코드처럼 박물관에서 인생을 보낼 수는 없다. 죽어 있는 고귀한 문화재가 되는 것이 무슨 의미가 있을까? 살아 있는 생활용품이 더 낫다고 생각한다면, 콩코드의 최후를

원치 않는다면, 뒤돌아보지 말고 문을 열어야 한다. 그리고
햇살이 쨍하든 장대비가 쏟아지든 일단 밖으로 나가야 한다.
이를 악물고 뛰어가라. 그래야 내일이 있다.

우선순위를
점검하라

우리의 삶을 가만히 생각해보자. 어제와 다름없는 오늘이 계속 된다. 하루살이처럼 반복되는 일상이 어쩌면 그렇게 덧없이 가는지 어느새 금요일이고 어느새 한 달이 다 지나간다. 게다가 회사일은 사람을 늘 기게 만들곤 한다. 겨우 숨 돌리면 퇴근, 어쩌다 지하철에 자리가 나면 핸드폰 삼매경이다. 주말에 볼 영화를 검색하다가 저절로 한숨이 나온다.

'이건 아닌데, 이렇게 시간을 그냥 흘려보내다니…'

바로 이 순간 진지하게 자신을 돌아봐야 한다. 한 번뿐인 인생이다. 허투루 보내기에 지금 이 순간은 너무 아깝다. 왜? 되돌릴 수 없기 때문이다. 1회성이라는 특징을 가진 것들이 이 세상 그 무엇보다 소중하다. 다시 돌아오지 않는 것, 반복도 복기도 재생도 복사도 되지 않는 것, 그게 바로 우리 삶이다. 단 하나뿐인 인생이다.

어떻게 하면 잘살 수 있을까? 이 원초적이고 근본적인 질문을 자주 하면 잘살 수 있다. 너무 단순해 보이지만 정말이다. 매우 간단하지만 구체적인 다음 방법을 사용해봐라.

첫째, 내 인생에서 제일 중요한 것이 뭔지를 생각해보는 것이다. 우선순위를 점검하는 일은 중요하다. 돈, 사랑, 남자, 권력, 명예, 구체적으로는 성형수술, 승진, 집 장만 등 무엇이든 상관없다. 오로지 나에게 절실한 것은 무엇인가를 늘 묻고 확인해야 한다.

이렇게 우선순위를 따지다 보면 정작 중요한 것은 제쳐두고 의외로 쓸데없는 것에 매달렸다는 것을 알게 된다. 내 경우에는 그런 일이 무수히 많았다. 이 세상에서 아들이 가장 소중했는데 세상을 구한답시고 정치를 하느라 아이를 제대로 돌보지 못했다. 우리 아이가 엄마를 절실히 필요로 했던 너무 소중한 10년 동안 말이다. 어느 날 그 사실을 깨달았고 이제 정치를 떠나자고 단단히 결심했다. 지금 생각해도 그나마 그 순간에 그만 두었기에 아들과 내가 친구 같은 모자로 남을 수 있었던 것 같다.

우선순위는 주식시장의 주가처럼 의외로 요동치듯 변하기도 한다. 게다가 세상은 변화의 소용돌이에서 가마솥 설렁탕처럼 설설 끓고 있다. 20대에 그토록 절실했던 사랑의 감정도 30대에 이르러서는 세피아 색으로 변하지 않았는가?

둘째, 자신의 목표를 정하고 단위별로 쪼개서 점검하는 것이다. 대개 메모 수준에서부터 웬만한 하루치 연속극 소재는 되고도 남을 푸념과 하소연을 일기에 털어놓는다. 롤러코스터 같은 하루하루가 빼곡히 적힌다(성격이 운명을 만든다는 아리스토텔레스는 절대적으로 옳다).

내가 어김없이 하는 일이 또 있다. 일 년에 네 번 분기별로 '잘 살았니?' 하고 점검하는 것이다. 그리고 1월 1일에 매우 거시적인 목표를 세운다. 아들에게 훌륭한 엄마로서 존경받기 같은 것(?) 말이다. 그리고 구체적인 목표는 일 년을 4분기로 나누어 세운다. 예를 들면, 4월 1일의 목표는 몸무게 3킬로 빼기와 같은 미시적 목표였다.

물론 목표를 세웠다고 그 모두를 이루는 것은 아니다. 하지만 분명 백지처럼 아무 생각 없이 하루하루를 사는 것보다 확실히 이루는 것이 훨씬 많다.

셋째, 일 년에 내 인생을 점검하는 기간을 갖는 것이다. 이것은 내가 매우 좋아했던 경영학의 그루, 피터 드러커가 썼던 방법에서 따온 것이다. 드러커는 일 년에 3주 정도를 자신에게 특별 휴가를 주었다고 한다. 그 3주 동안 명상을 하듯 그의 인생을 살펴보고 점검했다. 그리고 스스로에게 물었다.

"지난 1년 동안 내가 잘한 것은 무엇일까?"

"지난 1년 동안 내가 잘못한 것은 무엇일까?"

그리고 마지막 질문을 했다.

"내가 더 잘할 수 있었던 것은 무엇일까?"

이것으로 충분하다. 피터 드러커에게도 우리에게도 그렇다. 열심히 살았지만 어느 순간 완전히 궤도를 벗어난 삶을 보게 된다. 궤도 이탈 이후 원래 있던 곳으로, 가고자 했던 곳으로 영원히 돌아가지 못하는 경우도 인생에서 허다하다.

인생에서 길을 잃는다 하더라도 우회도로도 있고 다시 길을 되돌릴 수도 있다. 그렇지만 인생에서 치러야 하는 요금은 고속도로 톨비와는 비교가 되지 않는다. 따라서 삶에서 늘 우선순위를 점검하는 것은 인생에서 나침반을 보는 것과 같다.

책은
구글맵이다

책 읽는 사람들을 보기가 힘든 세상이다. 그래서일까? 사람들의 생각이 얕아지고 철학이 없어진다고 학자들은 걱정한다. 모든 것을 손 안의 휴대폰에 의존한다. 스낵만 집어먹다 보면 영양가 있는 음식을 멀리하게 되는 것처럼 휴대폰 검색으로 날을 지새우는 우리는 이미 스낵컬처의 중독자인지도 모른다. 얼마 전 방송국에서 만난 후배작가와 이런 문제를 진지하게 고민했다.

"저도 요즘 확실히 전보다는 책을 덜 읽어요. 시간 나면 휴대폰 보면서 노닥거리게 돼요."

나 역시 그렇다. 감기로 꼼짝없이 드러누워 있던 어제 하루 종일 휴대폰만 만지작거렸다. 이런 날은 절로 한숨이 푹 나온다.

하루 종일 휴대폰 사생팬으로 활동했지만 내 손에 쥔 것도 내 머릿속을 채운 것도 없다. 물론 뉴스 검색도 착실히 했다고 생각했지만 정작 하루 종일 들락날락했던 곳은 몇몇 커뮤니티와 강림하신 지름신을 맞은 인터넷 쇼핑몰이었다.

"아휴, 나도 요즘 그래서 불안하다니까."

"맞아요, 맞아! 불안해요, 선배"

우리는 서로 박수까지 하면서 동의했다.

책을 읽지 않으면 불안하다. 내 경우 확실히 그렇다. 정치라는 치열한 전쟁터에서 나는 언제나 책을 들고 다녔다. 책은 나의 무기였다. 은장도였다. 책을 읽고 있는 그 순간은 안전하다는 느낌이 들었다. 하나라도 뭘 확실히 알게 됐다는 느낌이 나를 안심시켰다. 지식을 얻었고 그걸로 지혜로워졌다는 확신이 들어서였다. 책과 함께 하는 그 순간은 마치 단단한 요새 속에 있는 느낌이었다.

정치판이란 총알이 빗발치던 전쟁터를 떠난 뒤에도 나는 책을 함께 카페에 앉아 있었다. 주로 읽었던 책들은 건강, 여행, 요리 분야의 책, 그리고 소설이었다. 진짜 끝없이 읽었다. 5분 단위로 움직이던 스케줄에서 어느 날 갑자기 백수가 되었지만 아무 문제가 없었다. 시간을 매우 유용하게 보낼 수 있는 책 읽는 습관이 내게 있었기 때문이다.

어려운 시간을 뒤로 하고 피가 되고 살이 되는 책을 다시 열독했다. 물론 인터넷과 휴대폰에는 수많은 지식과 정보가 넘쳐나고 있다. 하지만 책을 읽는 것과는 엄연히 다르다. '휴대폰과 함께'가 '책과 함께'를 결코 넘어 설 수 없는 것이다.

예를 들면 '휴대폰과 함께'는 수백 명이 빼곡히 들어찬 강의실에 있는 것과 같다. 모두가 익명성을 갖고 그저 스쳐가는 뜨내기 청중일 수 있다. 하지만 '책과 함께'는 마치 오랜 교류가 있는 스승한테 1 : 1 개인지도를 받고 있는 것 같다. 더 많이 발전하라고 등을 토닥여주는 느낌이다. 행간을 읽어내는 호흡 속에서 성장하는 내 모습이 감지된다.

그런 점에서 인터넷에 범람하고 있는 지식은 뜨거운 지식이다. 마샬 맥루한이 살아 있다면 인터넷을 '뜨거운 미디어hot media'라고 규정했을 것 같다. 하지만 책은 그의 정의대로 '멋진 미디어cool media'이다. 가끔 최고의 칭찬이 "그 사람 참 쿨해"일 때가 있듯이 책은 한마디로 나를 쿨한 존재로 만들어준다.

책을 읽지 않거나 책을 읽는 것이 매우 낯선 일이 된다면? 그건 삶에서 너무나 귀중한 기회를 놓치는 것이다. 전 세계를 여행할 수 있는 일종의 여권 없이 이 시대를 사는 것과 같다. 그렇게 인생의 영역이 좁아지는 것은 태어난 동네에서 그대로 숨을 거두는 것과 같다. 동시에 몰지성적인 삶을 살아가게 된다.

마트에서 파는 값싼 PB상품도 유용하지만 때로는 명품을 멋지게 알아보는 안목도 필요하다. 책을 읽고 나의 지식으로 체화할 수 있는 능력을 갖춘다면 인생은 재미있어지고 다양해진다. 총천연색으로 화려해진다. 진정 럭셔리한 인생이 펼쳐지는 셈이다.

나훈아의 〈고향역〉도 명곡이다. 동시에 파바로티가 부르는 〈남몰래 흐르는 눈물〉도 명곡이다. 때로는 지평을 넓혀 황병기의 〈침향무〉와 쇼스타코비치의 곡도 즐길 수 있는 삶이 훨씬 멋지지 않을까?

책을 통해서 얻는 지식과 정보는 그대로 피가 되고 살이 된다. 책 한 권을 쓰기 위해 지은이가 바치는 시간과 노력을 그대로 흡수할 수 있기 때문이다. 또한 책을 통해 지식을 얻게 되면 무엇이 진실인지 기준이 모호한 '너절한 인터넷 지식'을 판별할 수 있는 능력도 갖게 된다.

나의 경쟁력은 100% 책에서 나왔다. 부모에게서 어떤 재산도 물려받은 것이 없지만 부족하거나 아쉽다고 생각해본 적 없다. 우리 부모님은 쉬운 책도 어려운 책도 빼곡한 책장을 거실에 놓아두셨기 때문이다. 그것으로 충분했다.

어릴 때부터 책에 코를 박고 시간 가는 줄 몰랐다. 모든 답을 책에서 구했고 만족스러운 답을 얻었다. 책을 통해 얻은 지식으로 그렇게 만들어진 능력으로 돈도 벌었고 직장도 가졌다. 나에게 물고기를 잡는 법을 가르쳐 준 것은 부모님이 마련해준 책이 가득한 책장이었다.

책은 내게 늘 정답을 가르쳐주었다. 길을 묻기 위해 우왕좌왕할 필요가 없었다. 내 인생에서 구글맵은 바로 책이었다. 당신도 늘 책을 가까이 하고 있다면 결코 길을 잃지 않으리라 확신한다.

초코파이를 한 개
온전히 먹은 적이 없어요

"초코파이를 한 개 온전히 먹은 적이 없어요."

배우 김희애의 말이다. 나는 초코파이 한 박스를 먹은 적이 있다.

"아, 배우란 저런 것이구나, 쯧쯧." 김희애의 날씬한 몸매는 이렇게 놀라운 직업정신과 피나는 노력의 결과였던 것이다.

그녀뿐 아니라 저우룬파(주윤발)도 그렇다. 그는 8,000억 원 대의 전 재산을 기부하겠다고 해서 화제가 됐다. 홍콩에 사는 친구는 우연히 거리를 걷다가 그를 보았다며 함께 찍은 사진을 페이스북에 올렸다.

"세상에!"

절로 감탄사가 나왔다. 그는 정말 아주 조심스럽게 나이 들어 있었다. 60을 넘겼건만 배는 여전히 납작했고 적당히 잡혀

있는 주름살과 혈색 좋은 피부는 참 배우답게 늙었다는 생각
이 들게 했다. 그리고 여전히 남성적인 매력을 짙게 풍기고 있
었다. 저렇게 팽팽한 피부와 날렵한 몸매를 가지려면 의느님
의 힘도 있었겠지만 그에 못지않게 피나는 절제가 있었을 것
이다.

배우란 그런 것인가 했다. 하기는 요즘의 팬들은 냉정하고
야멸차고 때로는 잔인하다. 입금되기 전과 입금된 후의 차이
가 큰 것도 참지 못한다.

"프로 기질이 부족해서 그래."

"돈만 밝히고 평소 관리도 안 하는 거냐?"

핀잔과 힐난이 쏟아지기 일쑤다. 참 배우로 연예인으로 사
는 것도 힘든 일이다. 소녀시대의 식단이라는 '체리토마토와
닭가슴살 한쪽'은 나의 간식거리도 되지 않는다.

나 역시 외모지상주의 나라의 국민이라 이 모든 것을 당연
하게 여겼다. 그리고 늘 체중관리를 제대로 못하는 나 자신을
한심해했다. 그러던 어느 날!

유튜브 방송 준비를 하다가 우연히 한 동영상을 봤다.

"우아, 쥬리네!"

사와다 켄지(택전연)였다. 나의 대학시절 그 당시 금지되어
있던 일본 가요의 대표가수였다. 일본에서 특파원 생활을 하

면서도 그의 동정을 많이 접할 수 있었다. 마치 벨벳 같은 윤기 있고 부드러운 목소리, 가녀린 몸매에 짙은 화장, 귀고리에 목걸이에 화려한 액세서리. 남자인지 여자인지 그 경계를 허물었던 요염한 남자였다. 이미 70년대에 검은 매니큐어를 바르고 나타난 꽃미남이었다. 시대를 앞서간 패셔니스타이자 매우 실력 있는 가수였다.

마치 요즘의 지드래곤 같다고 할까? 아님 김재욱? 그런데 또 하나의 동영상을 보고 눈이 휘둥그레졌다. 내 눈을 의심할 수밖에 없었다.

"아니, 세상에. 아니, 이럴 수가?"

차마 눈을 질끈 감아버렸다. 안 보는 것만 못하다는 것이 바로 이런 것이다. 사와다 겐지의 나이는 70을 넘었다. 전성기의 그 꽃미남은 찾아볼 수가 없었다. 심지어 꽃할배라고 불러줄 수도 없었다.

다량의 음주로 푸석푸석한 얼굴과 두툼한 배둘레헴… 그야말로 완전히 폭삭 늙은 동네 할아버지의 모습이었다. 매우 충격이었다.

"아니, 어쩌다 저렇게 늙는담."

며칠 후 친한 일본 친구와 통화를 했다.

"쥬리를 간만에 유튜브에서 봤는데 아니 세상에…"

"하하, 좀 그렇지요? 하지만 쥬리는 여전히 멋져요. 관리 안 한다고, 몸이 너무 퍼졌다고 뭐라 하는 매스컴에 대놓고 말했어요."

"뭐라고요?"

"내 맘대로 늙을 권리도 없냐고요."

나는 턱 하고 충격을 받았다. 아주 신선한 충격.

"아하, 정말 그렇네요."

순간 쥬리답다는 생각이 들었다. 왠지 통쾌하고 상쾌했다. 대중의 기호에 맞춰 끌려 다니다가 우울증을 앓는 수많은 연예인 이야기를 종종 듣는다. 악성댓글 정도야 그냥 넘길 수 있을 것 같은데 그들은 깊은 상처를 입는다. 때로는 가장 불행한 선택을 하기도 한다. 나는 멘탈 최강인 쥬리의 모습을 보자 기분이 좋았다. 멋진 일이었다.

"술도 밥도 내 양껏 먹고 배를 두드리는 편안함을 즐기고 있는 거네요. 하하"

"자기 나름의 인생을 사는 거지요. 쥬리는 나이가 들어도 악보 그대로 또박또박 노래해요. 저는 그 점이 진짜 좋아요. 그의 변함없는 자부심, 저는 뚱뚱한 쥬리의 팬이에요. 호호."

그렇다. 아름다움도 날씬함도 선택의 문제다. 우리는 모든 것을 선택할 수 있다. 내 의지대로 선택하고 내 의지대로 감당하면 된다. 초코파이도 반쪽만 먹고, 체리토마토로 끼니를 때우며 살고 싶지는 않다. 맛있는 것도 즐기고 술이 주는 느슨함과 유쾌함을 만끽하며 살고 싶다.

철저한 자기 관리로 날씬한 몸매를 유지하는 것은 대단한 일이다. 하지만 그 못지않게 인생의 먹는 즐거움을 선택하는 것도 매우 멋지고 중요한 일이다. 물론 칼로리를 태우기 위해 하루 50분을 뛰고 난 뒤 맥주 한 잔이나 하이볼로 하루를 마무리하는 것도 근사한 일이다.

당신이 선택하면 된다. 이건 단순한 선택의 문제다. 날씬한 금욕의 삶인지 포동포동한 욕망의 삶인지 말이다.

1박 2일
나 홀로 여행

세상에서 가장 중요한 것은 바로 나 자신이다. 늘 자신을 돌보고 이야기를 걸고 소중히 관찰해야 한다. 그리고 적극적으로 사랑해야 한다. 주위 사람들의 심기가 어떤지를 살피기보다는 나의 소소한 기분과 자잘한 심기가 어떤지를 먼저 살피는 것이 옳다. 그날 나는 무지하게 스트레스 수치가 올랐다는 것을 깨달았다.

"어떻게 풀어줘야 할까?"

나는 물었다. 운동을 할까? 온천을 갈까? 와인을 마실까? 이런 저런 생각을 하다 아! 하고 꽂히는 것이 있었다.

"그래, 가자."

내가 아는 나는 떠나는 것을 좋아했다. 평소 생각해두었던 곳, 아니 어디든 상관없이 짐을 꾸려서 비행기를 타는 것이면

족했다. 그래서 남들이 비상식량으로 즉석밥이나 라면을 쟁여놓듯 나는 '괜찮은 비행기 티켓'을 쟁여둘 때가 꽤 있다.

"내게는 타이완과 홍콩을 오갈 두 장의 티켓이 있사옵니다."

신에게는 12척의 배가 있듯이 내게는 두 장의 왕복항공권이 있다. 게다가 비즈니스석 티켓이었다. 어느 외롭고 힘든 날 나는 우연히 항공사의 프로모션을 접했다. 이코노미석보다 약간 더 비용을 들이면 비즈니스석을 탈 수 있었다. 대만과 홍콩 두 군데를 한 번에 구매하는 조건이었다.

무더위가 기승을 부리던 날, 나는 신용카드를 시원하게 긁었다. 바로 그 티켓이었다. 그런데 문제는 내가 올망졸망한 스케줄 때문에 2박 3일을 빼는 것조차 힘들다는 거였다. 이리저리 머리를 굴려도 불가능했다.

"아오, 스트레스 받네" 하고 중얼거리다가 멈췄다.

"뭐 어때? 1박 2일도 괜찮잖아?"

그렇다. 나는 주변에서 세계를 정말 일상적으로 드나드는 사람을 많이도 봤다. 그들은 외국출장에서 돌아와도 기본 스케줄을 다 소화했다. 낮 2시에 도착해도 저녁 일정까지 꼬박 챙겼다. 처음에는 신기했지만 이제 당연하게 생각된다.

1박 2일도 그렇다. 인천에서 타이페이까지 2시간 반밖에 걸리지 않는다. 아침 비행기를 타고 출국해서 늦은 오후 귀국

세로쓰기 방주: 인생을 위한 경우, 우연

비행기를 타면 하루 반을 오롯이 쓸 수 있다. 서울에서라면 하루 아니 일주일이라는 시간을 보내도 변함없는 일상만 쳇바퀴처럼 돌아야 한다. 그렇지만 외국에서의 하루는 일상에서 벗어난 뚜렷한 일탈이다.

나는 부지런히 마우스를 움직여 호텔을 예약했다. 언제부턴가 혼자 떠나는 여행에 익숙했다. 그 이유는 혼자는 거리낄 것이 없기 때문이다. 나 떠나고 싶을 때 떠나고 돌아오고 싶을 때 돌아올 수 있다. 저마다 이상한 여행 파트너를 만나서 악몽을 겪은 경험이 있을 것이다. '나 홀로 여행'은 흔치 않은 특권이자 장점이다.

아무나 혼자 떠날 수 있나? 그렇지 않다. 매우 독립적인 여성만이 나 홀로 여행을 감행(?)할 수 있다. 언어도 어느 정도 해야 한다. 세계 어느 곳에 떨어지든 간에 고개를 빳빳이 들고 활기찬 걸음으로 걸어가는 포스도 있어야 한다. 게다가 어떤 음식에도 호기심은 물론 원대한 모험심을 발휘할 수 있어야 한다. 결국은 자신감이다. 다행히 나는 그것을 갖고 있지 않은가!

1박 2일 짐은 단출했다. 백팩에 담을 여분의 옷가지와 화장품 샘플, 거추장스러운 노트북 대신에 메모할 노트 한 권이면 충분했다. 그러고 보니 2박 3일로는 꽤 많이 떠나봤지만 1박

2일은 처음이었다. 가벼운 백팩을 메면서 1박 2일 여행의 장점이 매우 많다는 것을 깨달았다.

다음 날 새벽 인천공항 가는 버스를 탔다. 버스 안에는 기껏해야 30대 초반, 20대 초반의 젊은 친구들만 있었다. 그들 얼굴에는 여행을 떠나는 기대와 설렘만 있었다. 그들의 풋풋함과는 다르지만 일상의 스트레스를 풀기 위해 떠나는 내 경우도 괜찮다는 생각을 했다.

"샴페인 주세요."

스튜어디스가 가져온 음료는 주스와 물뿐이었다. "네?" 하며 이국의 스튜어디스는 나를 바라보았다. 아침부터 샴페인을 마시는 것이 그녀에게는 이상했을까? 휴양지 괜찮은 호텔에서는 아침을 샴페인 한 잔으로 시작했다. 기대 가득한 여행은 당연히 뽀글뽀글 올라온 샴페인 거품처럼 시작해야 정답 아닌가?

타오위안 공항에서 MRT를 타고 시내로 들어갔다. 시간을 아끼고 편하게 여행하기 위해 타이페이 메인스테이션에 숙소를 잡았다. 매우 탁월한 선택이었다.

마침 점심시간이었다. 짐이라고는 반도 안 찬 가벼운 백팩밖에 없다. 호텔의 위치를 확인하고 늘 그랬듯이 호텔 주변을 돌아다니기로 했다. 어느 도시를 가든지 나는 일단 호텔 주변을 죽 훑듯이 돌아다닌다. 그 작업은 늘 유용했다. 타이페이에 꽤 여러 번 왔지만 대개는 취재 아니면 회의 같은 공식적인 출장이었다. 고궁박물관은 올 때마다 갔기에 이번에는 빼기로 했다.

"그래, 그냥 걸어다니자."

점심시간이었다. 타이페이 골목에는 수많은 음식점들이 구석구석 콕콕 박혀 있었다. 사람들이 줄 서 있거나 빈 테이블이 없는 음식점을 유심히 살펴보았다.

"자조찬. 우와, 괜찮다."

호텔 뒤편으로 쭉 들어가면 그 유명한 자조찬(뷔페) 식당이 있었다. 우리나라로 치면 구내식당처럼 종류별로 차려 놓은 여러 음식을 도시락 상자에 담는 식이었다. 그 자리에서 먹을 수도 있고 테이크아웃을 할 수도 있었다. 여행자의 특권으로 아무도 나를 알지 못하기에 거리낌 없이 들어가서 관찰을 했다. 밥 한 공기 값은 우리 돈으로 400원, 온갖 반찬을 담아도 2,000원이면 충분했다. 서울의 물가는 살인적인 것이었다.

다음 골목에 가니 타이페이의 명물 중 하나인 우육면 집이 나왔다. 우리 SNS에는 뜨지 않는 그렇지만 현지인들이 가는 저런 식당이 진짜배기가 틀림없다. 나는 위치와 상호를 드르르 눈으로 스캔하고 머릿속에 저장했다.

그 다음 골목에도 북적북적한 집이 있었다. 중국식 만둣국 훈툰탕을 전문으로 하는 집이었다. 그날 타이페이에는 비가 오고 있었다. 우산을 쓰기에 애매한, 그렇지만 왠지 스산한 느낌을 주는 가을비가 내리고 있었다. 뜨뜻한 훈툰탕이 제격인 날씨였다.

마침 한 자리가 나서 앉았다. 벽에 있는 메뉴를 보고 훈툰탕을 달라고 했다. 사람들이 많은 집답게 그 자리에서 훈툰, 만두를 빚고 있었다. 여자종업원 둘이 서빙을 하면서 짬짬이 얇고 네모난 피에 훈툰을 빚는 식이었다. 그리고 한 명은 커다란 솥을 휘저으며 면과 만두를 부지런히 삶고 있었다. 훈훈하고 푸근한 너그러운 분위기였다.

훈툰탕집의 사장님인 듯한 할아버지는 밖에 서 있었다. 우리 같으면 쉴 만도 하건만 참 타이완 사람들은 나이가 들어도 늘 현역이다.

여종업원은 수줍은 미소를 띠며 푸짐한 훈툰탕을 내 앞에 놓았다. 뜨거운 김이 내 얼굴을 확 감쌌다. 나는 맑고 깨끗한 닭육수로 만든 국물을 먼저 떴다. 소박한 맛이었다. 훈툰은 큼직한 평양식 만두(어린 시절 늘 집에서 빚어 먹었던)처럼 보들보들하고 실했다.

여행자는 늘 배고프다. 나는 그 훈툰탕을 국물까지 남김없이 먹었다. 배가 부르니 행복하고 느긋해졌다. 훈툰탕집 종업원들도 점심준비를 했다. 꽤 푸짐한 식사였다. 밥과 부침개, 고기와 채소볶음, 그리고 중국스타일 계란토마토볶음… 주문을 받았던 여종업원이 "아버지, 와서 점심드세요" 하고 소리쳤다.

"아, 저들은 한 가족이었구나."

중국도 그렇지만 타이완의 경우 식당은 가족경영이 대부분이다. 저 아버지는 언제쯤 딸에게 이 가게를 물려줄까? 하는 생각을 했다.

값을 치르니 2,300원 남짓이었다. 정말 가성비 짱이지 않나? 우중충한 외관과 달리 호텔은 깔끔하고 깨끗했다. 나는 백팩을 던져놓고 침대에 누웠다. 여행이란 참으로 좋은 것이다.

자유롭다.

홀가분하다.

이것으로 충분하다.

한 시간 정도 쉰 뒤 미친 듯이 걷고 또 걸었다. 타이페이 시내를 종횡무진했다.

8

오랜만에 만난 한 외국친구가 있다. 거의 20년 만에 만났다.

그녀는 늘 날이 서 있고 뾰죽뾰죽했다. 냉철한 두뇌와 그에 따르는 행동도 한 치 어긋남이 없었다. 그녀를 보며 독일병정 이라는 것이 바로 저런 거구나 싶었다. 늘 쌔한 분위기. 하지 만 분명하고 정확하고 매우 지성적인 그녀만의 치명적인 매 력이 있었다.

창백하다는 표현이 어울리는 하얀 얼굴, 회갈색의 긴 머리, 사람의 깊은 속까지 그대로 꿰뚫어보는 듯한 잿빛 눈동자. 한 마디를 해도 어긋남이 없는 논리정연함. 특유의 냉철함으로 회사에서도 뛰어난 실력을 발휘했다.

그 독일병정녀가 한국에 왔다.

'사람은 30이 넘으면 변하기 어렵다.'

45

사회생활하면서 내가 깨달은 점이었다. 변화해봤자 그 기본, 바닥은 그대로인 경우를 너무도 많이 보았기 때문이다. 게다가 그 독일병정녀만큼은 온 인생을 기존의 기질 그대로 관통할 것이라 믿어 의심치 않았다. 그런 그녀에 대한 마지막 소식은 아시아쪽 요직 지사장을 거쳤다는 소식까지였다. 약속장소인 일식집의 문을 여는 순간, 앉아 있는 그녀와 눈이 마주쳤다.

"아니! 세상에…"

분명 독일병정녀였다. 그러나 이상하게도 분명 그 독일병정녀가 아니었다. 이미 온 친구들과 함께 이야기가 시작됐다.

나는 놀라움을 추스르며 세심하게 그녀를 살펴보았다. 뭐라 설명할 수 있을까? 독일병정녀는 옛날 그 모습 그대로였다. 날씬하다 못해 마른 몸매, 머리 스타일도 어깨까지 내려오는 긴 머리 그대로였다.

그런데 바뀐 것은 바로 그녀의 눈빛이었다. 사람의 췌장까지도 투사할 것 같았던 그 날카로운 눈빛은 어디로 갔을까? 그녀의 눈에는 따사로움과 사람에 대한 배려와 선의, 그리고 애정이 가득 차 있었다.

아, 저런 눈빛을 어디서 누구에게서 봤을까? 나는 혼란스러운 와중에도 전에 본 듯한 그 눈빛이 누구의 것이었는지 떠올리려고 애썼다.

드디어 찾아냈다! 마더 테레사였다. 바로 그 눈빛이었다. 그리고 그녀가 살아온 이야기를 들었다. 세계의 유수한 제약 회사에서 승진을 거듭했다. 신기록을 세울 정도로 실적도 좋았다. 그런데 어느 날 합병이 되면서 그녀가 청춘을 바쳐 쌓아 놓은 업적도 합병이 되고 말았다. 무심했고 허무했다.

"내 손가락 사이를 빠져나가는 것은 모래뿐이 아니라는 것을 알았어요."

일도 마찬가지라는 것을 깨달았다. 그래서 그녀는 목적 없이 정처 없이 늘 좋아했던 아시아 여행을 떠났다. 베트남과 인도네시아를 거쳐 중국에 이르러 드디어 그녀는 찾아냈다. 허무하지 않은 꽉 찬 것, '기공'이었다. 회사에 사표를 내고 본격적으로 기공 공부를 했다. 그렇게 거의 10년을 보냈다. 지금은 베를린에 기공 스튜디오를 열었다고 했다.

"아, 그랬구나."

그녀의 쨍하고 쇳소리 같은 울림이 있던 목소리는 은근한 알토처럼 귀를 즐겁게 했다. 그리고 사람을 쳐다보는 그 눈빛은 매혹적이고 따스했다. 나 역시 최선을 다해 산다고 생각해 왔다. 그러나 그녀를 보니 뭔가 중요한 것을 놓친 것은 아닌가 하는 의문이 들었다.

"어떻게 하면 돼요?"

내가 허심탄회하게 물었다. 그녀는 우아하고 따뜻한 미소를 보내며 답했다.

"편한 시간에 명상을 하세요. 그냥 앉아서 눈을 감고 자신이 좋아하는 곳을 상상하면 돼요. 간단해요."

그러자 옆에 있던 친구가 장난스럽게 물었다.

"명상을 해본 적이 없는데 더 간단한 것은 없어요?"

그녀는 어쩔 수 없다는 듯 큰 소리로 웃었다. 그 웃음소리가 공중으로 울려 퍼지자 우리 모두의 마음은 더 깨끗해졌다. 그리고 편안해졌다. 그녀의 웃음소리 하나만으로. 그리고 그녀는 이렇게 말했다.

"더 간단한 방법 있어요."

우리 모두는 눈을 동그랗게 떴다.

"하루에 휴대폰을 두 시간 정도 꺼놓는 거요. 그게 바로 현대인의 명상이에요."

우리는 무릎을 탁 치며 끄덕였다. 현대인을 가리켜 휴대폰을 든 좀비라고 했다. 생각이 없는 이 좀비들은 휴대폰이 시키는 대로 생각한다. 휴대폰이 느끼는 대로 느낀다. 하루 종일 우리와 붙어 있는 휴대폰은 현대의 피부나 마찬가지다.

그녀의 눈빛이 근사해서, 그녀의 삶이 멋져서 나도 '좀비 탈

출'을 시작했다. 우선 잠자리에 들기 두 시간 전에 휴대폰을 off 상태로 만든다. 그리고 좋아하는 음악을 들으며 눈을 감는다. 이 경우 대개는 오늘 하루 있었던 일을 떠올리고 미소를 짓게 된다. 독일병정녀는 없다. 마더 테레사가 있다. 나 역시 최근 들어 달라졌다는 말을 듣고 있다.

"얼굴이 참 편안해졌어요."

모두 그녀 덕분이다. 나의 명상, 휴대폰 off 덕분이다.

인생은
참 아름다워

여행이란 무엇일까? 최고의 일탈이다. 잘 모르는 남자와 원나잇 스탠드를 하는 듯한 스릴도 있다. 새롭고 생경하고, 처음 만나는 것들뿐이다. 호기심을 장착한 카메라가 나의 작은 머릿속에서 쉴 새 없이 돌아가고 또 돌아간다.

하루 종일 타이완 시내를 미친 듯이 돌아다녔다. 2.28평화공원과 국립미술관도 구경했다. 서예용품을 파는 곳에 들어가서 묵향을 실컷 맡고 한 치의 어긋남 없이 촘촘히 박힌 붓도 원 없이 구경했다. 길가에 군데군데 들어서 있는 서점에도 갔다. 책이 아니라 책을 읽는 더없이 진지한 사람들의 표정을 흐뭇한 심정으로 읽었다. 그리고 저녁 어스름에 호텔로 돌아오면서 진지하게 고민했다.

"뭘 먹어야 잘 먹었다는 소리를 들을까?"

호텔로 가는 길목 뒤편에 작은 골목이 있었다. 나는 망설임 없이 그 골목으로 들어갔다.

"우와"

그 골목은 젊은 대학생들을 위한 밥집의 성지였다. 백팩을 맨 젊은 대학생들이 책을 읽으면서, 혹은 노트북을 펴놓고 식사를 하고 있었다. 젊은 청춘들을 상대로 해서 그럴까? 가격은 싸고 식당은 아주 깔끔했다. 열댓 집 되는 곳 중에 하이난라이스를 하는 식당으로 들어갔다. 싱가포르에 가면 늘 먹는 단골집이 있을 정도로 내 최애음식 중 하나였다. 싱가포르 하이난라이스는 옛날 이곳에 이주한 중국노동자들이 닭고기와 그 국물에 찐 밥을 곁들여 먹는, 이제는 싱가포르의 대표적인 서민음식이었다. 싱가포르에서보다는 맛이 좀 떨어졌지만 가격은 절반. 이 정도면 모든 것을 용서할 수 있지 않은가?

아주 맛있게 먹고 일어섰다. 하이난라이스도 맛있었지만 미래를 위해 치열하게 준비하는 학생들의 눈빛이 더 좋았다. 오는 길에 편의점에서 타이완 맥주를 두 캔 샀다. 혼자 하는 여행에서 유일하게 아쉬운 것은 밤늦은 나들이를 조심해야 한다는 점이다. 동시에 이 아쉬움을 넘어서는 즐거움도 있다. 바로 혼술이다.

그 누구에게도 방해받지 않고 천천히 많은 생각을 하며 마실 수 있다. 타이페이는 술안주의 천국이다. 나는 호텔 앞의 닭튀김집에서 닭튀김을 사며 거하게 혼자만의 치맥파티를 준비했다.

뜨거운 물로 샤워를 하니 여행의 피로 대신 노곤함이 기분 좋게 느껴졌다. 맥주캔을 따서 시원하게 한 모금을 만끽했다. 그리고 스마트워치에 기록된 23,000보라는 숫자를 확인하며 정신없이 잠들었다.

다음 날 일찍 눈을 떴다. 날은 화창했다. 나는 아침을 먹으러 길을 나섰다. 친절하고 소박한 타이페이 호텔 프론트에 간단한 아침이 마련되어 있었다. 몇 가지 종류의 빵과 커피와 티 그리고 유명한 타이페이 인스턴트 라면까지 구색을 맞추고 있었다.

내게는 오늘 아침도 여행지에서의 소중한 한 끼다. 결코 허투루 먹을 수 없었다. 이들을 뒤로 하고 길을 나섰다. 타이페이의 아침은 시끌벅적하다. 하루를 시작하는 에너지, 이 부산함이 좋다. 중국과 마찬가지로 타이페이 사람들은 아침에 콩국물에 밀가루를 튀긴 길다란 꽈배기 같은 것을 곁들여 먹는다. 별거 아닌 것 같지만 제대로 하는 집에서 먹으면 너무너무 맛있다.

대개 종이컵에 설탕을 후루룩 털어넣은 뒤 뜨거운 콩국을 붓는다. 거기에 갓 튀겨낸 유병을 곁들여 먹으면 기가 막히게 맛있다. 그냥 먹어도 맛있고 유병을 콩국물에 푹 담가서 먹으면 그 맛 또한 중독성이 있다.

아침을 먹고 길거리를 목적 없이 걷는 즐거움도 여행이 주는 또 하나의 일탈이다. 언제나 목적지를 되뇌며 걸어왔지만 타이페이에서는 목적 없이 그냥 걷는다. 그때 내 앞에 펼쳐진 긴 줄. 요즘 타이페이에서 뜨고 있는 흑당버블티 가게였다. 도저히 지나칠 수가 없다. 어제도 두 잔이나 사 마셨다.

줄이 길어서 만드는 전 과정을 볼 수 있었다. 잘 삶은 커다란 타피오카볼을 넣고 우려낸 홍차를 붓는다. 그 위에 우유를 붓고… 여기까지는 다른 버블티하고 같은데 색다른 점은 생크림을 얹는 것이다. 그리고 기계로 꾹 밀봉을 한다. 크림과 우유와 블랙티가 어우러져서 마치 호랑이 형태처럼 보인다.

나는 평소 달짝지근한 음료는 좋아하지 않는다. 그런데 이걸 한 모금 빨대로 마셔보고 "어머나 세상에" 했다. 흑설탕과 블랙티, 우유와 생크림, 타피오카볼이 그야말로 절묘한 조화를 이루고 있었다. 결국 1박 2일 동안 1일 2버블티를 하고 말았다.

버블티를 마시다 보니 어느새 호텔 근처 2.28평화공원이었다. 2.28사건은 타이완 최대의 비극적인 사건이다. 대륙에서

도피해온 한족과 타이완 토착민들 사이의 갈등이 폭발한 사건이었다. 담배를 팔던 타이완 노파가 한족 경찰에게 얻어맞는 것을 보고 토착민들이 봉기한 것이 시초였다. 결국 장제스 정권은 무자비하게 진압을 했다. 통계로만 2만 명이 사망했다고 알려진다. 지금 이 공원 안은 매우 한적하고 평화롭다. 그 묘한 대비 속에서 또 한 번 역사의 비극에 대해 생각했다.

12시가 되기 직전 호텔에 들어와 부지런히 샤워를 했다. 12시 정각에 체크아웃을 했다. 그리고 호텔 앞에 있는 발마사지숍으로 갔다. 꽤 평판이 좋은 곳이었는데 발 마사지 40분에 우리 돈으로 약 15,000원 정도였다. 점심시간이라 그런지 매우 한가했다.

그날 나를 담당한 사람은 나이 지긋한 여성이었다. 따뜻한 물에 발을 담근 뒤 뜨거운 수건으로 발과 종아리를 감쌌다. 어제와 오늘 나의 발은 정말로 수고가 많았다. 그녀는 매우 경험이 많고 유능했다. 발바닥과 발가락의 혈을 콕 집어내는 듯했다. 온몸이 찌르르할 정도로 감이 왔다. 그 가벼운 고통을 거치면서 전해지는 상쾌함에 나는 항복하고 말았다.

"어깨랑 머리 쪽도 해주세요."

20분을 추가했다. "어우, 으흠, 흐허허" 절로 나오는 신음소리와 함께 나머지 엑스트라를 뛰었다. 마치고 나왔을 때는 날

아갈 듯이 온몸이 가벼웠다. 뜨거운 아침 샤워와 발마사지는 서로 교감하듯 내 몸을 풀어주고 위로해주었다.

비행기는 4시 10분. 나는 타이베이 역에서 공항으로 가는 MRT를 탔다. 급행을 타니 순식간이었다. 타이완의 울창한 나무숲과 올망졸망한 집들을 바라보면서 산다는 것에 대해 이런저런 생각을 했다. 인생이 찰나이듯 타이페이 MRT로 목적지에 도착한 것도 찰나였다.

공항 수속을 마치고 항공사 라운지에 들어갔다. 내가 탄 캐세이퍼시픽 라운지는 타이완의 주력 노선인 듯 매우 고급스럽게 꾸며져 있었다. 차와 와인 그리고 간단한 간식거리가 놓여 있는 구역, 우육면과 딤섬 그리고 파스타를 직접 만들어주는 누들 스테이션, 요즘 여행객들에게 평판이 좋은 캐세이바, 이렇게 세 구역으로 나뉘어 있었다.

나는 시간도 있겠다 이곳을 착실히 즐겼다. 따뜻한 우롱차와 과일을 먹고 누들 스테이션에 가서 새우 딤섬과 우육면을 먹었다. 어찌나 맛있었는지 새우 딤섬은 두 판이나 먹었다.

캐세이바에서는 바플라이처럼 화이트 와인과 레드 와인, 그리고 마티니를 마셨다. 감미로운 술들이 요령껏 섞이자 천천히 취기에 젖어 들었다. 이래서 나는 술을 마신다. 바로 이래서 술을 한 방울도 마시지 못하는 사람을 매우 가엾게 여긴다. 인생에는 즐길 것이 너무도 많고 유혹하고 유혹당할 것들이 셀 수도 없다. 비행기 안에서도 여행을 마무리하는 샴페인을 마시며 중얼거렸다. "아, 인생은 참 아름다워"라고.

내게 보내는
러브레터

"생일을 어떻게 보내세요?"

유튜브 방송 PD가 물었다.

"뻑적지근하게 보내지요."

그렇다. 나는 내 생일을 그냥 넘기는 법이 없다. 내가 태어난 날 아닌가? 내가 없으면 이 세상이 멸망을 하든 천국이 되든 의미가 없다. 자신이 태어난 그 날이 이 우주가 태어난 날이라고 해도 틀리지 않다. 내게 있어 창세기 genesis 는 곧 내 생일인 셈이다. 그는 내가 대체 어떻게 뻑적지근하게 보내는지 알고 싶어 했다.

"일단 제 생일이라는 것을 세상에 널리 알려요. 물론 제 생일은 남들이 한번 들으면 잊기 힘든 4월 19일이랍니다. 참으로 다행스러운 일이죠?"

내가 생일을 보내는 방법은 특별하지는 않다. 우선 친구들에게 한턱을 낸다. 함께 해줘서 고맙다고. 그럭저럭 단 하루를 보내는 생일이 아니라 일주일 정도 주간 행사를 하는 경우가 대부분이다.

이 생일 축하의 하이라이트는 무엇보다 내게 선물하기이다. 내가 갖고 싶었던 것, 그렇지만 평소에 사기는 좀 힘든 물건을 사서 내게 선물한다.

"전여옥, 정말 고생했다. 열심히 사느라고. 난 네가 애쓰고 고생한 것 다 알아. 그리고 네가 참 대단하다고 생각해. 네 의지대로 살았다는 것, 그 점 특히 칭찬하고 싶다."

이 세상에 나를 나보다 더 잘 아는 사람은 없다. 나를 제대로 사랑하고 나를 콕 집어 칭찬할 사람은 나밖에 없다. 다른 사람들은 모른다. 그도 그녀도 모른다. 나라는 사람은 바로 나, 내가 가장 잘 알고 있다. 물론 처음부터 내가 스스로에게 생일 선물을 준 것은 아니었다. 때로는 사랑했던 남자들한테 은근히 기대도 했다. 예쁜 여배우들이 애인한테 호화스러운 아파트나 고급 승용차를 받는 것도 보았다.

그녀들은 발연기를 갈고 닦는 대신에 "인생은 한 방이야"를 외쳤다. 그녀들이 부럽지 않았다고 한다면 내가 로또 맞은 사람이 부럽지 않다고 하는 것과 같다. 그러나 로또 맞은 이들

대부분이 해피엔딩이 아니듯 그녀들도 마찬가지였다.

그리고 내 팔자라는 것을 스스로 정밀분석한 결과 나는 남자한테서 뭘 받아본 적이 없었다. 머리핀 하나도 다 내가 일해서 번 돈으로 내가 샀다. 물론 무언가를 주는 남자들도 있었다. 하지만 내 기준에 턱없이 모자랐거나(내가 좀 통이 큰 편?) 철저한 기브 앤 테이크로 끝이 나곤 했다.

그래서 얻은 결론. '내가 나에게 선물하자'였다. 세상 편했다. 확실한 기호 아래 통 크게 고를 수 있었다. 동시에 내가 나에게 선물했다는 뿌듯함과 당당함이 있었다. "내가 벌어서 내가 샀는데 누가 뭐래?"라고 말할 수 있었으니까. 아끼는 후배 역시 셀프 선물하기에 동참했다. 그녀와 함께 여행을 떠나던 날 내게 조심스럽게 물었다.

"음, 이번에 영업실적이 좋아서 특별상여금을 받았어요. 그런데 액수가…"

"꺄악…"

우리는 그 길로 신바람이 나서 고급 시계점으로 갔다. 그녀는 낡고 오래된 시계를 차고 있었다. 액면가 8만 원에 실거래가는 0원인 시계 말이다. 나는 그녀에게 스스로를 포상하는 멋진 시계를 사라고 했다. 그래서 우울할 때 일이 안 풀릴 때 그 시계를 바라보라고 했다. 그럼 기분이 좋아질 거라고. 그리고 자신이 이렇게 좋은 시계를 살 정도로 일을 확실하게 해 낸 능력 있는 사람이라는 걸 떠올리게 될 거라고 말이다.

그녀는 과감하게 카드 두 개를 그었다. 그리고 만면에 뿌듯한 미소를 띠며 자랑스럽게 그 시계를 손목에 찼다. 나는 "축하합니다!"라고 만세라도 불러주고 싶었다.

반드시 좋은 일이 있을 때만 나에게 선물을 주는 것이 아니다. 늘 전진하고 올라가고 있는 상황에서 생일을 맞을 수는 없다. 그게 인생이다. 나 자신이 몹시도 초라해 보인 적이 내게도 있었다. 그런 생일을 맞았을 때 나는 더 신경을 썼다.

"그래, 전여옥. 너 좀 우울하지? 하지만 난 너를 위로해 주고 싶어. 그리고 네가 얼마나 좋은 사람인지 얼마나 능력 있는 사람인지를 잊지 않았으면 해. 내가 네 맘에 쏙 드는 선물을 사줄게."

그 생일날 나 자신을 위해 특별히 더 배려 가득한 선물을 했다. 평소 갖고 싶었던 그러나 돈을 주고 사기에는 고민이 되었던 고급운동화를 샀다. 정치를 그만둔 이후에는 정장 차림을 할 일이 별로 없었다. 그보다 내게 필요한 것은 캐주얼한 차림에 어울리는 고급운동화였다. 매우 만족했던 선물이었다. 내가 평소 신었던 운동화 가격의 7~8배는 되는 선물이었기 때문에 더 좋았다.

그리고 고급 마사지를 받았다. 전신 마사지를 받으며 "그래. 손도 발도 뛰어다니며 일하느라고 정말 고단했지? 너는 이런 고급 마사지를 받을 자격이 충분해. 넌 자격 있다고" 하고 두 시간 내내 스스로 속삭여줬다. 그 두 가지 선물은 나를 진심으로 위로해줬고 확실히 만족시켰다.

그리고 늘 생일마다 빠지지 않고 하는 일이 있다. 십 년 후 혹은 어느 시점의 내게 편지를 쓰는 일이다. 그때를 상상하며 한 통의 편지를 쓴다. 이런 의식(?)은 거의 20년 전에 시작되었다. 그래서 지금은 꽤 많은 편지, 내게만 주는 단단히 밀봉한 편지를 여럿 갖게 되었다.

그중 한 편지. 2010년에 쓴 이 편지는 2017년 그 날짜에 읽으라고 써 있다. 그리고 난 그 편지를 꾹 참았다가 7년 만에 읽었다.

"아무 걱정하지 마. 넌 목표를 착실히 이룰 수 있을 거야. 넌 강하고 담대하니까, 그리고 용기 있는 사람이니까. 사랑하고 존경하는 전여옥."

천천히 읽으면서 생각했다. 지금까지 받아본 최고의 러브 레터라고.

소비의 즐거움

"선배, 저 사표 냈어요."

아끼는 후배가 말했다.

일단 나는 실직한 그에게 밥을 사줬다.

우리는 찹쌀 탕수육을 앞에 놓고 마주 앉았다. 남자들은 원래 사냥꾼. 그러니 짐승을 잡아오지 못한 남자, 돈을 벌지 못하는 남자가 된다는 것은 쓰라린 일이다. 물론 그는 젊고 능력있다. 그래도 어쩔 수 없는지 가끔 깊은 한숨을 쉬었다.

"그런데 와이프가 철이 없어요. 마트에 갔는데 원 플러스 원이라고 하면서 물건을 척척 카트에 올려놔요."

그 심정, 나는 공감 100%이다. 가장이 되어본 사람만이 그 느낌을 안다.

"그냥 사게 둬."

무심하게 한마디 했다.

"백수일 때는 돈을 쓰는 거야. 아끼는 게 아니고…"

"???"

"일할 때는 바빠서 돈도 못 써, 일 없을 때는 돈을 써야 돼. 그래야 다시 벌 수도 있어."

파란만장한 내 인생에서도 돈을 벌지 못한 시간들이 물론 있었다. 그때까지 경험해보지 못한 일이었다. 처음에는 나도 최대한 절약해서 살아보자고 마음먹었다. 그런데 특별히 절약할 것이 없었다. 원래 나는 검소했고 유지비가 들지 않는 사람이었다. 명품에 별 가치를 두지 않았고 옷이나 머리 등 꾸미는 데 돈을 쓰지 않는 편이었다. 화장품도 로드숍에서 사서 바르고 무지하게 보일 수 있으나 바디크림을 페이스 겸용으로 쓰는 사람이기도 했다. 그래도 더 아끼자고 나를 채근했다. 허리띠를 졸라매 보기로 했다.

나한테 돈을 쓰는 것은 책값과 여행 가는 정도였다. 책은 도서관에서 줄창 빌려 보면서 한 달에 수십 권씩 사던 것을 서너 권으로 줄였다. 여행은 저렴이 항공을 비롯해서 당연히 이코노미석을 이용했고, 호텔도 별 세 개에서 네 개짜리에서 잤다. 나름 재미있고 만족스러웠다. 그렇게 2~3년을 보냈다. 그러던 어느 날 뭔가 답답한 것이 내 목을 조이는 듯했다.

"뭐지? 이 느낌?"

숨을 크게 쉬면서 내 자신에게 물었다. 그때 번개처럼 스치는 생각, 나도 모르게 신음이 새어 나왔다.

"으흠, 근검절약이 지겨워진 거야…"

생각해보니 평생 열심히 돈을 벌었다. 그런데 돈을 벌지 않는 지금 허리띠를 졸라매며 살고 있는 것이었다.

'세상에! 네가 돈을 번 이유는 이럴 때 쓰기 위해서야.'

그 즉시 프로모션을 하는 한 항공사의 비즈니스석 티켓을 끊었다. 그래봤자 홍콩과 타이페이 티켓을 묶어서 파는 평소보다 저렴한 것이었다. 하지만 오랜만에 비즈니스석에 탄다는 것이 내게 묘한 충족감을 줬다.

"그래, 지금이 돈을 쓸 시간이야."

맞는 말이었다. 돈을 벌 때는 정신없이 바빠서 돈이 있어도 쓸 시간이 없었다. 방송국에서 일했을 때 일에 쫓기고 또 일에 푹 빠져 있다 보니 친구 만날 일도, 동창모임에 나갈 일도 없었다. 월급은 고스란히 내 통장에 쌓여갔다. 프리랜서가 된 뒤에는 더 정신이 없었다. 돈을 버느라 돈을 쓸 시간이 없었다.

돈도 시간이 있어야 쓴다. 내가 큰 부자는 아니지만 적어도 쓸 돈은 있다. 남한테 손을 벌리지 않고 살 수 있다, 그렇다면 지금이 돈을 쓸 타임이다.

홍콩에 가서 친구도 만나고 타이페이에 가서 고궁박물관과 대학가 서점, 소박한 맛집을 쓸고 다녔다. 그 검박한 여행에 숨통을 트여준 것은 역시 비즈니스석이었다. 그 넓은 첵랍콕 공항에서 내가 탈 비행기 탑승구에서 한참 떨어진 라운지를 헉헉거리며 찾아갔다.

물론 그 라운지 안에서는 우아하게 즐겼다. 편안한 샤워룸과 내가 좋아하는 브랜디도 즐겼다. 바에서는 샴페인과 와인을 원 없이 마셨다. 물론 그 전에 탄탄멘과 딤섬을 주문해서 먹었다. 무엇보다 온갖 종류의 차가 구비되어 있는 티룸에서 차의 향기에 푹 빠져 치유의 경험을 했다.

"돈은 이렇게 쓰는 거야."

매우 뜻깊은 경험이었다. 그리고 돈을 부리는 나의 능력에 감사했다. 어떤 경우든지 나는 돈의 노예가 아니라 돈의 주인이라는 걸 깨닫는 순간이었다. 실직자가 된, 그러나 분명히 곧 새 일자리를 찾아갈 후배는 여전히 불안해보였다.

"돈을 벌지 않을 때일수록 좀 더 여유 있게 돈을 써야 해."

후배는 의심이 가득한 눈으로 나를 봤다.

"하지만 돈이 바닥이 나면요?"

"그 전에 취직이 될 것이 분명해. 하지만 설사 잔고가 제로가 된다 해도 그때 가면 또 살게 되어 있어."

그 후배는 나를 대책 없다는 표정으로 바라보았다. 나는 조용히 이렇게 이야기해주었다.

"가장은 백수일 때 그 가장의 근수가 드러나지. 그때가 돈 위에 있는 너의 모습을 보여줄 때야."

"드디어 탔다!"

그녀는 비행기 좌석에 털썩 주저앉았다. 한숨이 절로 나왔다. 천신만고 끝에 그 넓은 공항을 400미터는 족히 달려서 겨우 시간을 맞췄다. 그 후배는 미국에서 살고 있는 워킹우먼이다. 집과 직장을 오가며 외줄타기를 하는 사람이 있다면 그건 분명 자신일 거라고 생각했다고 한다.

미국에서 가정을 가진 여성에게 출장이라는 것은 고난의 행군이다. 비행기 타기 직전까지 아이들 등하교부터 시작해서 온갖 자질구레한 일을 예약하고 부탁하고 조정하고 해결해야 한다. 그곳엔 친정도 없고 시댁도 없다. 한국처럼 비교적 쉽게 남의 손을 빌릴 수 있는 것도 아니다. 악몽의 연속이라고 해도 지나치지 않다. 마침내 어찌어찌해서 비행기 좌석

67

에 앉았을 때 그녀는 늘 "기적이다!" 하고 중얼거렸다.

그럼에도 불구하고 그녀도 나도 비행기 타는 것을 좋아했다. 그녀가 한국에서 근무했을 때 우리는 최고의 여행파트너였다.

"우리는 두 달에 한 번은 비행기를 타야 되는 사람들이죠?"

맞았다. 우리가 세상에서 제일 듣기 좋은 말은? "너무 아름다우세요"가 아니다. 비행기 안에 들어왔을 때 승무원이 묻는 말, 바로 이거다. 그것도 낮은 목소리의 남자 승무원이라면 더 좋다.

"샴페인 드실래요?"

이 한 마디면 충분하다. 거부할 수도 없다. 그대로 녹아버리고 그대로 무너져 버린다. 헐떡이며 왔지만 재투성이 아가씨가 멋진 왕자님을 만난 것처럼 샴페인을 권하는 스튜어드를 만나는 게 일하는 여성들이 원하는 현대판 신데렐라 스토리이다. 후배는 그 한마디가 이렇게 해석된다고 했다.

"지금부터 파라다이스 입장입니다. 물론 시한부지만요."

사실 비행기 안은 고도가 높기 때문에 술을 마시면 빨리 취한다. 그럼에도 불구하고 장기 비행일 때면 나와 후배는 꼭 술을 벗 삼아 간다. 장기 비행에는 웬만하면 비즈니스석을 타는 이유다. 다음 날 일정 때문이기도 하지만 하룻밤의 낙원, 시한부 파티를 즐기기 위해서다. 오로지 나만의…

비행기 안에서 내가 제일 좋아하는 술은 샴페인이다. 각 비행사마다 구비해놓은 샴페인은 저마다 다르다. 물론 더 저렴한 가격이 최고의 서비스이다. 그러나 비슷한 가격이면 와인 셀렉션이 좋은 항공사를 선택한다.

후배가 좋아하는 술은 보드카 토닉이다. "왜?" 하고 물으니 "깨끗해서요"라고 답한다. 머리도 덜 아프고 맥주처럼 배가 부르지 않아서 좋아한다고 한다.

"언제나 그 첫 모금에 홀딱 넘어가요. 보드카 토닉을 목으로 넘길 때의 짜릿함… 특별하죠."

보드카 토닉을 홀짝이며 서류를 보고 다음날 발표할 내용을 정리할 때 그야말로 행복했다. 그 순간은 남편도 아이도 두둥 하고 떼어낼 수 있었다. 눈매가 야무진 승무원이라면 잔이 비면 다시 만들어 가져다주곤 했다. 비록 비행기 안의 당연한 서비스이지만 참 고마웠다고 한다.

"나를 위해 신경을 써주고 마실 것 갖다 주는 것, 집이나 직장에서는 바랄 수 없는 거죠."

사회에서 우리들은 늘 무엇인가를 해줘야만 하니까. 어쩌면 이 세상 대부분의 직장인들은 남녀불문 사막의 선인장처럼 메말라 있다고 해도 지나친 말이 아니다. 그래서일까?

"한번은 확실하게 꽂혀 동료와 함께 서울에서 뉴욕까지 가면서 보드카 토닉 한 병을 다 마셔버렸어요. 하하, 제게 그 뒷이야기는 묻지 마세요."

후배는 비행기에 있는 시간을 최대한 즐겼다고 했다. 왜? 비행기를 타면 오롯한 나의 시간이었기 때문이다. 일상과의 단절을 확보할 수 있는 오로지 자신만의 시간이었다. 장기출장인 경우 보통 12~14시간은 족히 걸린다. 그녀는 먹고 마시고 책 읽고, 영화를 보았다. 이메일도 정리하고 평소에 읽지 못했던 자료도 꼼꼼히 챙겨 읽었다. 그동안 수없이 준비했던 프레젠테이션용 슬라이드나 시청각 자료의 대부분이 야간비행에서 만들어졌다고 했다.

나 역시 비행기 안의 시간을 그녀 못지않게 즐긴다. 내가 쓰는 원고의 상당 부분은 비행기 안에서 고도의 집중력을 거쳐 나올 수 있었다. 위스키를 아침부터 반병씩 마시면서 멋진 연설원고를 썼던 처칠을 나는 이해하게 됐다. 와인을 옆에 놓고 느긋하지만 풍부해진 감성과 물고기 비늘도 다 셀 수 있을 것 같은 집중력은 비행기 여행이 주는 선물이었다.

물론 비즈니스석도 좋지만 이코노미석도 좋다. 앞좌석보다는 일부러 뒷자석을 선택하고는 한다. 아기를 데리고 떠나는 여행객에게는 대개 앞자리를 주기 때문에 뒷자리가 조용하게 비행할 확률이 높기 때문이다.

책을 읽기도 하고 영화도 본다. 다큐멘터리도 즐겨 본다. 지금도 기억나는 다큐멘터리는 〈노화의 비밀〉이라는 작품이었다. 나이 들면서 좋은 것이 참 여러 가지가 있다. 병을 이것저것 앓았기 때문에 면역력이 뛰어나 웬만한 감기에도 걸리지 않는 것도 나이 드는 것의 장점이라고 한다. 그중 가장 멋진 것은 포커페이스가 가능하다는 것이었다.

가슴이 뜨거운 젊은 날에는 대부분 포커페이스가 불가능하다. 그러나 나이가 들면 사람들은 자신의 감정을 절제하고 바로 얼굴 표정에 드러내지 않는 마법을 부릴 수 있다. 나 같은 사람에게는 나이 듦이 주는 그야말로 최고의 선물이다.

"샴페인 드실래요?"

"음, 한잔 마셔볼까요?" 하며 마지못한 듯 고개를 끄덕인다. 그리고 그가 서빙한 샴페인을 거의 병째로 나 홀로 올킬한다.

로마의 휴일

로마의 테르미니역에 도착했다.

뭐랄까? 아주 묘한 기분이 들었다. 주위를 둘러보았다. 가이드북이나 여행 블로거들은 테르미니역 하면 소매치기를 조심하라는 얘기나 한다. 그러나 나는 그런 조언에는 아랑곳하지 않는다. 테르미니역은 또다른 나만의 의미가 있는 역이었다. 어릴 때 본 〈종착역〉이라는 영화의 원제가 '테르미니역'이었다.

이 영화는 테르미니역에서 헤어지는 두 남녀가 보낸 1시간 50분을 다룬 영화였다. 상영시간도 1시간 50분. 별 걸 다 기억하는 나는 영화를 보며 빅토리아 데 시카 감독의 실험이라고 생각했다.

어렸을 때부터 나는 조숙한 아이였다. 그 〈테르미니역〉을

봤을 때가 아마 중학교 1학년쯤? TV 프로그램 〈주말의 영화〉
였다. 나는 초등학교 6학년 때 반에서 가장 큰 아이였기 때문
에 그 당시 개봉된 〈졸업〉이란 영화도 무사통과해서 보았다.
이런 영화들을 보면서 늘 마음속으로 중얼거렸다.

"나 다 알고 있거든?"

그런 아이에게 〈테르미니역〉은 그 당시 매우 인상 깊은 영
화였다. 언니가 사는 로마에 놀러 온 미국 유부녀 제니퍼 존스.
가슴도 기질도 뜨거운 이태리 젊은 청년 몽고메리 클리프트.
영화는 그들의 사랑 이야기다. 여자는 미국으로 돌아가려고
하고 남자는 "나하고 여기서 살자"면서 처절하게 매달린다.

어린 나는 그 두 사람의 사랑을 흥미진진하게 지켜보았다.
서로 마음에도 없는 날선 말을 던지다가 갑자기 뜨거운 입맞
춤을 하는 두 남녀. 치열하게 싸우다 빈 열차 객실에 들어가
뒤엉키는 남자와 여자.

그때 나는 '아니, 왜 저렇게 앞뒤가 안 맞지?' 하고 고개를 갸
우뚱거렸다. 지금 생각하니 다 안다고 폼 잡았던 나의 한계(?)
였다. 결국 여자는 떠난다. 그때 남자 주인공이 한 말이 지금
도 기억이 난다.

"당신 모자도 미워요."

절절한 사랑과 그에 못지않은 미움을 버무린 그 말.

테르미니역에 서서 나는 그 대사를 떠올린다. 여기서 얼마나 많은 사랑과 이별이 있었을까? 격렬한 입맞춤, 포옹… 그리고 그 옛날 영화처럼 빈 객차 안에서 일을 벌이다 풍기문란으로 끌려가는 연인들도 여전히 있을까?

그래서 로마는 내게 늘 로맨틱한 장소였다. 내 기억 속 운명적인 기차역으로 남아 있던 테르미니역… 하지만 막상 가보니 서울역처럼 북새통이었다.

"아, 이런 거지? 현실이라는 것은…"

여행지에서 제일 위험한 사람은 우연한 만남을 갈망하고 운명적인 사랑을 믿는 여자라고 했다. 현실에서 우연한 만남을 의심하고 운명적인 사랑을 믿는 이들이 얼마나 될까? 더구나 서울역 같은 테르미니역에서라면 말할 것도 없다.

"혼자이신가요?"

남자가 묻는다. 여자는 남자에게 시선을 주다 슬쩍 창밖을 바라보며 말한다.

"네, 당신을 만나기 전까지는요."

한 이탈리아 회화 책에 소개된 작업의 정석이다. 그래서 사랑의 이탈리아라고 하는 모양이다. 모든 이탈리아 남자들은 여자라면 일단 유혹하고 본다는 이야기가 있다. 이런 이야기를 하면 이탈리아 남자들은 절대로 그렇지 않다고 항변한다.

"일단 이탈리아 여자는 정말 강인해요."

겉으로 보기에도 그렇다. 이탈리아 여성들은 나이가 들어도 운동을 포기하지 않는다. 죽도록 운동하고 다른 사람의 몸매를 보지 않은 척 스캔한다. 그리고 또 죽도록 운동한다. 여리여리하고 하늘하늘한 몸매가 아니라 근육질의 몸매를 지닌 여성들이 정말 많다.

노 슬리브로 드러난 팔에는 잔근육이 비늘처럼 쫙 박혀 있고 꽃무늬 미니 원피스 밑으로 살짝 드러난 허벅지는 1그램의 지방도 허락하지 않은 채 근육으로만 탱탱하게 뭉쳐져 있었다.

로마에서 묵은 호텔은 나보나 광장 뒤에 숨어 있는 호텔이었다. 주변에 맛집이 많았고 무엇보다 나보나 광장이 떡 버티고 있는 관광의 요지였다. 로케이션 굿! 그것 하나만으로도 괜찮은 호텔이었다. 체크인을 하려고 살펴보니 사무실이라 할 것도 없이 계단 사이에 서류가 놓여 있었다.

'진짜 공간 활용 알차게 했네.'

마치 일본식 수납의 원조 모델을 보는 듯했다. 프론트라고 해봤자 직원 한 명이 컴퓨터 앞에 앉아 있는 것이 전부였다.

'방은 얼마나 좁을까?'

'샤워실에서는 팔을 쭉 뻗고 샤워를 할 수 있을까?'

이런 저런 생각을 하는데 착하게 생긴 여직원이 말했다.

"아침은 방으로 가져다 드릴게요."

"룸서비스???"

"네! 그러니까 저 앞에 있는 종이에 드시고 싶은 시간과 내용을 체크만 하면 돼요."

룸서비스라? 고급 호텔에만 있는 서비스인데 이렇게 작은 쁘띠 호텔에서 룸서비스를? 나는 감격했다. 세상에나! 나라는 여자… 룸서비스를 무지무지 좋아한다. 아침에 침대에 앉아서 먹는 룸서비스의 맛은 각별하다. 나는 천천히, 혼자서, 좋아하는 음악을 틀어놓고 먹는 룸서비스를 아주 즐기는 사람이다. 복잡한 뷔페식당에서 먹는 조식도 싫어하는 것은 아니지만 그래도 룸서비스에는 못 미친다. 그런데 이 호텔에서 룸서비스를?

예상대로 방은 좁았다. 옷장, 전기포트, TV 있을 것은 다 있었지만 정말 좁았다. 샤워실? 샤워할 때 팔을 위로는 올릴 수 있었지만 옆으로는 마음껏 뻗을 수 없었다. 다행히 침대는 푹신하고 탄력이 있었다.

저녁을 먹으러 가는 길에 프론트 옆에 있는 조식표에 신나게 체크를 했다. 제법 품위 있는 은근한 조명이 붙은 스탠드에 조식 메뉴가 악보처럼 펼쳐져 있었다.

'커피는 아침이니 카페라테에 크루아상, 햄, 살라미, 치즈, 요거트가 있었다. 시리얼은 좋아하지 않으니까 패스!'

다음 날 아침 8시.

"똑똑똑!"

문을 노크하는 소리가 났다.

"누구세요?"

"브랙퍼스트 마담"

"오! 오!"

나는 잠옷 위에 가디건을 걸치고 급히 문을 열었다.

마음 좋게 생긴 아줌마가 두 손에 큰 사각 쟁반을 들고 환하게 웃고 있었다.

"고마워요."

나는 제법 무게가 나가는 쟁반을 받아서 침대 위에 놓았다.

"우와, 푸짐하네."

내가 시킨 것 외에도 토스트와 바삭거리는 빵에 누텔라를 비롯한 온갖 잼이 있는 바구니까지 있었다. 카페라테는 의외로 아주 맛이 있었다.

"그래, 여기는 이탈리아야. 커피가 어떻게 맛이 없겠어?"

방 안 가득 향긋한 커피와 빵 냄새가 가득 찼다. 아침이 왠지 포근하고 따뜻하게 시작되는 기분이었다. 비록 따뜻한 계란 요리는 없었지만 모든 것이 흡족했다. 버터를 잔뜩 넣은 크루아상은 겹겹이 풀어지며 카페라테와 찰떡궁합을 이뤘다.

침대 위에서 하는 식사만큼 편한 식사는 사실 없다. 나는 이 좁은 별 세 개 호텔에서 호사스러운 아침식사를 먹는 것이 그렇게 신기하고 재미있을 수가 없었다. 그 호텔에 묵는 사흘 동안 세 번의 아침식사를 그야말로 오롯이 즐겼다.

"아, 이런 허름한 호텔에서도 룸서비스가 되다니… 이 호텔의 마케팅 전략인가 보다."

나는 혁명을 피해서 다른 나라로 망명한 몰락한 왕가의 공주쯤 되는 기분이었다.

점점 사람 손이 스치는 것이 귀한 세상이 되었다. 오모테나시, 즉 마음 깃든 서비스를 내세우는 일본 온천도 요즘 고전하고 있다. 사람 손이 많이 가는 온천 서비스를 지속하기 힘들기 때문이다. 그러니 저녁식사를 방으로 날라다 주는 룸서비스는 매우 비싼 특급 호텔 아니면 기대할 수가 없게 되어 버렸다.

외국의 웬만한 호텔에서도 경영정책상 과감하게 룸서비스를 없애는 상황이다. 아마도 얼마 안 있어 우리는 로봇이 날라다 주는 룸서비스에 만족해하며 "땡큐"라고 할지도 모르겠다.

그런데 이 호텔은? 이 저렴한 3성 호텔에서 아침마다 정성 깃든 룸서비스를 주다니. 아마도 치열한 경쟁 속에서 이 호텔

만이 가진 강점을 부각시키는 전략이라는 생각이 들었다. 3일 동안 룸서비스의 호사를 누렸고 재방문 의사가 강력했다.

당연히 그 호텔을 떠날 때 나는 물어보지 않을 수 없었다. 보석 같은 이 룸서비스를 하게 된 그들의 전략, 동기, 의도가 궁금했기 때문이었다.

"호텔 룸서비스 아침이 정말 좋았어요. 투숙객이 좋아해서 특별히 서비스하는 건가요?"

그러자 그 친절한 여직원이 눈을 동그랗게 뜨고 나를 잠깐 바라보았다. 이내 살짝 웃으며 말했다.

"아니… 그게 아니라, 우리 호텔이 워낙 작아서 식당 공간 이 없거든요."

나름 반전이다. 세상일은 바로 이런 것일지도 모른다. 아무튼 이 로마의 호텔에서 3일 내내 룸서비스로 조식을 먹었다. 이런 것이 바로 로마의 휴일?! 영화 속 '테르미니역의 로맨스' 보다 더 강렬했다.

근력의
르네상스

여행지에도 인연이 있다.

피렌체에 갔을 때였다. 두오모를 구경하기 위해 긴 줄을 섰다. 한국에서 미리 입장권을 예매했지만 너무 바빠 날짜를 잘못 입력했다. 이메일을 보내니 그냥 줄을 서라고 했다.

박물관을 구경하고 조토의 종탑에 올랐다. 조토의 종탑에는 500여 개의 계단이 있다. 아침에 올라간 미켈란젤로 언덕에 이어 여기 조토의 종탑 계단, 다음은 두오모에 올라가야 한다.

오후 3시 반쯤 줄을 섰다. 내 앞에는 미국인 부부가 있었다. 대충 50대 부부. 남자는 서서 맥주를 마시고 있었다. 여자는 미소를 지으며 남편을 바라보고 있다.

'재혼여행 온 부부인가? 분위기 한번 스윗하네.'

그런 생각을 하는데 그 남자가 부인에게 말했다.

"당신도 맥주 마시지 그래. 마시면 그렇게 덥지 않아."

"그럴까? 고마워."

그러자 쏜살같이 달려가서 맥주를 사온다. 여자는 차가운 맥주를 단숨에 들이킨다.

"정말 맛있다. 고마워."

그리고 가벼운 볼 키스. 여자는 꽃무늬 원피스를 입고 있었다. 이탈리아에는 하얀 바탕에 색색의 꽃이 프린트된 꽃무늬 원피스를 한껏 차려입은 여성들이 많이 눈에 띄었다. 옷차림으로 보면 이탈리아풍이다.

나도 맥주를 마시고 싶은 생각이 굴뚝 같았다. 그러나 맥주까지 마신 후 두오모에 올라갈 자신이 없었다. 오늘 오른 계단이 1,000계단쯤, 두오모까지 올라가면 1400~1500 계단은 될 것이니 말이다. 물을 사오려고 앞에 있는 부부에게 자리를 봐 달라고 했다.

"물론이죠."

아까 그 친절한 미국인 부부는 이번엔 앞 가게에서 차가운 물을 사서 마시고 있었다. 제법 큰 밀집모자를 들어올리며 부인이 내게 물었다.

"어느 나라에서 왔어요."

"한국이요."

"어머나, 저는 미국 위스콘신에서 왔는데 우리 아들 여친이 한국 여학생이에요. 참 사랑스러운 아이지요."

"아, 반갑네요."

남편도 예의 푸근한 웃음을 지으며 말했다.

"둘이 오래 데이트를 했고 약혼도 했어요. 우리 아들이 고른 여자라서 처음부터 믿음이 갔어요."

그 부부는 한국의 풍습이나 문화에 대해 이것저것 물어봤다. 나는 약간의 유머코드를 섞어서 그들에게 설명해줬다. 그렇게 이야기를 하다 보니 드디어 두오모 안에 도착했다.

오늘은 고난의 행군이다. 두오모로 올라가는 길은 조토의 종탑보다 더 험했다. 올라가는 통로는 매우 좁았다. 다행인 것은 올라가는 길과 내려가는 길이 따로 있다는 것이었다. 조토의 종탑은 내려가고 올라가는 길이 같아서 어느 한쪽이 비켜서 있어야 했다.

앞서가는 부부는 맥주를 드셨음에도 불구하고 계단을 쑥쑥 잘 올라갔다. 계단에 올라서니 두오모의 천장화가 손을 올리면 닿을 듯이 가까이 보였다. 바로 옆에는 세계 각국에서 온 사람들이 새겨놓은 온갖 낙서가 있었다.

"어떻게 이런 유물에 낙서를 할 수 있을까?"

부인이 말하자 남편이 답했다.

"깨진 유리창인 셈이지, 뭐"

그들의 중얼거리는 말을 듣고 한번 더 쳐다본다.

'뭐야. 깨진 유리창 이론이 자연스럽게 나오네. 뭘 가르치는 일을 하나?'

물론 그 벽에는 한국어로 된 낙서도 있었다. 어쨌든 기록적인 날이었다. 이렇게 많은 계단을 하루에 올라간 적이 있었던가? 없었다. 내가 살아왔던 적지 않은 삶에서. 그럭저럭 1,500계단, 그리고 하루 종일 걸었다. 피렌체 시내에서 택시나 버스를 굳이 탈 필요가 없었다. 호흡을 고르며 기를 쓰고 올라갔다. 그런데 앞서 가던 미국인 부부가 내게 말했다.

"보세요. 우리 뒤에 아무도 없어요."

그제서야 나는 뒤를 돌아보았다.

"정말이네요."

"크크크, 우리 뒤에 있던 사람들은 모두 포기하고 내려간 거예요. 아까 내려가는 통로가 있었거든요."

그는 몹시도 뿌듯해했다. 하기는 그럴 만도 했다. 오후 느긋한 입장이긴 해도 한 시간이나 기다렸던 사람들이 정작 두오모까지 와서 중간에 포기를 한 것이었다.

"평소 체력단련을 한 보람이 있네요."

열심히 운동한 보람과 성과를 오늘 확실히 거둔 것이다.

"우리 부부는 동네 피트니스 센터에서 매일 운동을 해요. 아내는 원래 체육교사였고요."

그러고 보니 꽃무늬 원피스를 입은 부인의 팔에는 군살 하나 없이 잔근육이 아주 예쁘게 자리 잡혀 있었다.

"운동을 많이 하셨네요. 정말 탄탄한 몸매가 부러워요."

내 감탄에 부인은 기뻐했고 그녀의 남편은 매우 자랑스러워했다. 피렌체 시내는 물론 조토의 종탑에서 두오모까지 말 그대로 종횡무진 쓸고 다닌 나의 근력 또한 자랑스럽기 그지없었다.

그동안 운동을 아주 열심히 한 것은 사실이다. 어느 날 '그동안 머리는 그런대로 많이 훈련했으니까 이제는 몸이다' 하고 마음을 먹었다. 몸을 가꾸는 일은 머리를 채우는 일보다 확실했고 또 다른 재미가 있었다. 운동에 관한 책도 많이 사 읽고 온갖 운동법을 체험해보았다. 돈을 들여 개인 레슨도 받았다. 그 결과 연예인 몸매와는 거리가 멀지만 매우 강한 몸이 되었다.

이게 바로 내가 원하던 것이었다. 탄탄하고 강인한 지치지 않는 몸. 내가 세상을 살아갈 그릇, 내가 세상과 마주하는 문, 내가 사람들을 대하는 무기, 바로 나의 몸이었다. 피렌체에서 나는 '근력의 르네상스'를 뿌듯하게 실감했다.

다음날 우피치 미술관에서 또 그 미국인 부부를 보았다. 그리고 베키오 다리에서도 그들을 만났다. 피렌체가 좁아서 그럴 수도 있겠지만 부지런히 다니는 사람들의 특징이었다. 근력의 르네상스 시대를 함께 사는 동시대인인 것이다.

PART 2

타인을 ——————— 대하는 태도

질투는
낙원의 용

"질투는 낙원의 용, 천국의 지옥이며 모든 감정 중에서 가장 쓰라리다."

선불교에서 질투에 대해 설명하는 말이다. 질투라는 것은 모든 인간에게 숙명처럼, 그림자처럼 함께 있는 쌍둥이 같은 감정이다. 세상에 질투를 느끼지 않는 인간이 어디 있을까? 그만큼 질투는 미움과 원망과 사랑이 뒤얽혀 있는 매우 복잡한 감정이다.

그런데 이 질투의 어원은 그리스어 젤로스_{zelos}에서 왔다고 한다. 그 뜻은 열정, 따스함, 강렬한 욕망이다. 질투는 나쁘고 치사하고 열등한 감정이 아니다. 그래서 학자들마다 질투라는 감정에 대해 나름의 다양한 정의를 내놓았다. 성 아우구스티누스는 "질투가 없다면 사랑하는 것이 아니다"라고도 했으니 말이다.

가장 재밌는 것은 질투라는 감정은 "인간이 적응하고 진화하는 과정"이라는 것이다. 또 어떤 이는 적절한 질투를 "남녀의 헌신적 관계에 필요한 윤활유"라고도 했다. 또 질투는 "내소중한 것을 빼앗길 수도 있다는 예감(직관)을 전달하는 신호, 시그널"이라고도 풀이했다.

바로 이런 질투라는 감정을 찌질하게 샘내고 시기하는 차원에서 멈추지 말고 한 단계만 업그레이드해보자. 생각 외로많은 것을 얻을 수 있다. 내가 어떤 사람에게 강렬한 질투를느낀다면? 이유는 두 가지이다.

첫째, 그 사람이 내가 가장 갖고 싶은 것을 소유하고 있는것이다. 직장에서 일은 안 하고 멋만 부린다며 어떤 여성을 마음속으로 씹고 있다고 하자. 이때 당신의 진짜 속내는 '그녀의옷 입는 센스'를 부러워하고 있는 것이다. 따라서 누군가를 질투하고 있다면 '왜 질투하는가?'를 세밀하게 스스로 분석하라고 심리학자들은 권한다.

둘째, 질투하는 사람을 진심으로 사랑하고 좋아하고 있는것이다. 흔히 부러우면 지는 것이라는 말 그대로 누군가를 질투한다면 그를 좋아하기 때문이다. 그래서 질투라는 감정은사랑을 지속하기 위해 진화된, 역설적으로 사랑을 보호하기 위해서 진화된 감정일 수 있다는 것이다.

물론 질투라는 감정이 위험 수위로 치닫게 되면 치명적이다. 때로는 오셀로처럼 너무도 사랑하기에 질투에 눈이 멀어 아내를 목 졸라 죽이기도 한다. 물론 오셀로뿐 아니라 O.J. 심슨도 그랬다.

질투라는 감정을 잘 조절하면 많은 것을 얻을 수 있다. 질투는 내가 정말로 원하는 것이 무엇인지를 가르쳐 주기 때문이다. 누군가를 질투한다면 그 감정을 오셀로나 O.J. 심슨처럼 '위험한 소비'로 표출할 것이 아니라 '현명한 운용'을 하면 된다. 기대하지 않은 성과를 쉽게 얻거나 매우 효율적으로 발전할 수 있을 것이다.

질투의 감정에 제대로 군불을 때면 많은 것을 해낼 수 있다. 평소 자신의 의지로는 할 수 없는 다이어트도 질투의 대상인 그녀를 생각하면 성공가도를 달릴 수 있다. 이왕이면 제대로 생산적으로 질투하자.

심리학자들은 질투심이 타오를 때 긍정적으로 대처할 수 있다고 한다. 즉, 질투를 고차원적으로 승화하는 방식이다. 질투는 활활 타오르는 감정의 불꽃이기 때문이다. 그 동력은 엄청난 삶의 에너지가 될 수도 있다.

첫째, 자신의 가치를 굳건히 지키고 올리는 것이다. 흔히 자기 강화self-bolstering라고 부른다. 자신이 질투하는 대상보다 더 성공하도록 도전하고 성취하는 것이다. 내가 질투하는 것이 그 사람의 외국어 실력이면 새벽학원에 가서 열공을 하고 날씬한 몸매라면 퇴근을 하자마자 스피닝을 하면서 땀을 한 바가지쯤 쏟아내보자. 질투라는 감정을 활용해서 강력한 동기화를 추진하는 것이다.

둘째, 자기 신뢰self-reliance를 강화하는 것이다. 즉, 나를 우선시하고 나의 장점을 발견하고 나를 격려하는 일이다. 내 비록 그녀를 질투하지만 곰곰이 생각해보니 내가 더 낫다는 걸 사실로 만들며 질투의 감정을 극복하는 것이다. 질투하는 건 사실이지만 생각해보니 굳이 질투할 거리도 되지 않는다는 결론을 내리는 것이다. 질투라는 감정을 매우 성숙하게 정리 정돈하는 방식이다.

어떤 사람을 질투심까지 느끼며 괴로워할 필요는 없다. 매우 능동적으로 적극적으로 그 질투라는 감정을 나의 성장과 발전의 밑거름으로 사용하면 된다.

레질리언스
크림을 사라

"레질리언스 크림Resilience cream이라…"

출장을 가서 어머니 선물을 고르며 중얼거렸다. 회복 탄력
성을 주는 크림이라는 말이다. 80이 넘었지만 여전한 미모를
자랑하는 나의 어머니에게는 최고의 선물이 화장품이다.

나는 이 '레질리언스, 회복 탄력성'이라는 단어를 좋아한
다. 아마도 제인 폰다 인터뷰의 영향일 것이다. 이제 80에 접
어든 제인 폰다는 말했다.

"이 세상에는 딱 두 종류의 인간이 있다. 회복 탄력성이 있
는 인간과 없는 인간."

힘들고 좌절했을 때 그녀는 어떻게 했을까?

"힘들면 내 곁에 있는 사람 가운데 사랑이나 가르침을 줄
수 있는 사람을 찾아간다. 그리고 그들의 따스함을 흡수한

93

다." 그 다음 말이 더 울림이 크다.

"그렇게 회복 탄력성을 얻은 사람은 자신이 겪은 상처를 무기로 삼을 수 있다."

그렇다. 그렇고 말고다. 상처가 깊은 조개가 진주를 품듯이 우리 삶도 그렇다. 나도 그랬다. 그동안 참 많은 어려움을 겪었고 고통과 고난을 거쳤다. 다행히도 나는 회복 탄력성이 있는 종류의 인간이었다. 세상 사람들에게 참으로 무수한 모욕과 조롱을 당했다. 굳이 여기 옮길 필요도 없는, 어떻게 하면 내게 더 큰 상처를 줄 수 있을까를 목표로 삼은 말들이었다.

그렇지만 그 어떤 말도, 모욕도, 조롱도 나를 해치거나 약하게 하도록 놔두지 않았다. 그 이유는 자기애에 있다. 어떤 사람에게는 당연하게 들리기도 하고 어떤 사람에게는 이상하게 들리기도 하겠지만 나는 나를 사랑하는 종류의 인간이다. 나를 사랑하고 좋아하고 존중하려고 노력했다.

나라는 인간은 성급하고 때로는 과도한 자신감으로 끝없이 도전하기도 했지만 직관에 충실했다. 그 결과가 타인에게는 한심하고 우습고 조롱거리로 삼기 좋았을 수도 있다. 하지만 나는 상처받기보다 나를 믿는 방법을 택했다.

"누가 감히 나를 조롱하랴?" 하는 생각이 아니었다. 나를 조롱했던 사람들을 숱하게 봐왔기에 그런 생각은 일찌감치

접었다. 그저 나 자신을 믿고 돌보는 데 힘을 쏟았다.

"여기서 주저앉을 수는 없어. 정신 똑바로 차리고 앞만 보고 가면 되는 거야. 나름대로 온 힘을 쏟아가며 잘 살아왔어. 그것으로 충분해."

이렇게 거울 속에 있는 나를 향해 씽긋 웃어주었다. 회복 탄력성에 있어서는 만점짜리가 되고 싶었다. 회복 탄력성이 없는 이들도 세상에는 많다. 절반, 아니 절반 그 이상일 것이다. 살면서 그런 이들이 고난과 역경 앞에서 어떻게 반응하는지를 여러 차례 볼 수 있었다. 대부분 남 탓을 했다. 이렇게 폭망한 이유를 '타인의 배은망덕'이라고 생각했다. 그게 그들이 회복 탄력성이 없는 인간의 부류에 들어간 이유라고 판단했다.

내가 한 모든 행동의 주어는 바로 나 자신이다. 내가 했으니 모든 원인은 내게 있는 것이다. 타인이 내 인생의, 내 행동의 주어가 될 수 없다. 그런 사람들은 대부분 삶의 고난 앞에서 자해행위를 함으로써 주저앉아 버린다. 자신에게 폭력을 휘두른다. 폭음을 하고 황당한 일을 저지르고 약물에 의존한다. 해서는 안 되는 선택만을 하고 마지막에는 스스로를 완전히 망가뜨린다. 줄곧 주어가 아닌 수동태에 불과한 삶을 살아왔지만 자신을 망치는 일에서만큼은 주어가 되어 능동태로 행동하는 것이다.

누구나 삶의 깊은 주름살이 있다. 깊게 베여 상처로 남을 수도 있다. 그렇지만 주름살에 레질리언스 크림을 바르듯이 우리 인생의 상처 역시 회복 탄력성으로 아물게 할 수 있다. 자신을 돌보고 관찰하면서 다독이고 "이제 곧 끝난다"고 말을 걸어주면 된다.

그러면 어느 날 아침, 미소를 지으면서 일어나는 자신을 발견할 것이다. 다 지나갔다. 이겨냈다. 나는 회복됐다. 그리고 더 중요한 변화가 또 하나 있다. 이전보다 훨씬 더 강한 사람이 되어 있을 거라는 사실이다.

돈은
유용한 것이다

나는 돈을 좋아한다. 권력도 명예도 나름 경험해봤지만 돈이 최고였다. 그 이유는 돈이 가장 확실한 힘을 갖고 있기 때문이다. 권력은 갖고 있어도 마음껏 쓸 수가 없다. 늘 깨지기 쉬운 도자기를 들고 가듯 조심하고 삼가야 한다. 명예도 무용하기는 마찬가지다. 〈미스터 선샤인〉의 변요한이 말한 대로 꽃, 별, 바람처럼 참으로 무용한 것이다(물론 이것은 내 개인적 견해다).

하지만 돈은 다르다. 돈은 들어오자마자 바로 그 힘을 발휘한다. 내 손 안에 내 지갑 안에 있는 돈을 쓰는 순간 그 위력이 바로 발휘된다. 참으로 유용한 것이 돈이다. 그렇지만 대개 사람들은 돈을 좋아한다는 걸 굳이 밝히고 싶어 하지 않는다. 그래서 "참 돈을 밝혀"라는 말을 결코 칭찬이 아닌 비꼬는 말로 받아들이곤 한다.

내가 아는 부자가 있다. 그 사람은 모태 부자였다. 그의 어머니는 무용한 예술가였으나 동시에 유용한 상인이었다. 의사인 남편이 점방만 한 병원을 하는 것이 그녀의 성에 차지 않았다. 그녀는 빛깔을 알아보는 예술가의 눈을 갖고 있었다. 그래서 시장에서 비단을 팔았고 거상이 되었다. 물론 세상의 모든 일이 해피엔딩은 아니다. 자신의 직업을 점방 운운하는 아내의 폭언(?)에 상처받은 아버지는 어느 날 슬리퍼 차림으로 집을 나갔다. 그리고 평생 돌아오지 않았다고 한다.

그는 어머니와 함께 살았다. 어머니는 돈이 있었고 자식들을 훌륭하게 키워냈다. 그리고 자식들은 남들이 알아주는 인재로 사회에서 자리를 잡았다. 그들은 어느 날 집을 나간 무용한 아버지보다 자식들에게 책임을 다한 유용한 어머니를 존경했다.

돈이라는 것은 한 마디로 유용한 것이다. 그의 어머니는 평소 검소하고 소박했다. 늘 전깃불을 껐는지를 자식들에게 확인했다고 한다. 자신이 먹는 반찬은 세 가지를 넘기지 않았다. 눈빛은 형형했지만 옷은 소박한 차림으로 평생을 지냈다. 그는 어머니의 삶에서 정말 많은 것을 배웠다고 말했다.

"난 어머니를 정말 좋아했어요. 그렇다고 우리 어머니가 자식들을 물고 빨고 하는 다정한 사람은 절대 아니었어요. 어렸을 때 어머니가 차려주는 음식을 먹은 적이 없어요. 어머니는 늘 시장에 가서 일을 했고 저녁 늦게 들어와서는 글씨를 썼어요. 아니면 수를 놓거나…"

이렇게 말했지만 그는 어머니의 진취적이고 도전적인 삶의 자세를 많이 닮았다. 어떤 것도 두려워하지 않고 세계를 다니며 그 옛날 오퍼상을 해서 알토란같이 재산을 불렸다.

"어머니는 나를 칭찬했어요. 다른 형제들은 그림을 공부하고 아버지처럼 의사가 되기도 했지만 돈을 벌러 다니는 사람이라면서 저를 제일 흡족해하셨어요. 어머니에게는 세상이 유용한 것과 무용한 것 둘로 나뉘었는데 그 기준은 돈이었어요."

어머니가 돌아가신 뒤에도 그의 어머니에 대한 존경심은 여전했다.

"돈을 좋아했던 저희 어머님은 좋아하는 것은 소중하게 다뤄야 한다고 하셨지요. 늘 지갑에 있는 돈을 꺼내서 조금이라도 구겨진 돈이 있으면 반듯하게 펴서 다시 지갑에 넣으셨어요. 그런 모습을 보고 자라서 저도 지금까지 지갑에 돈을 질서 정연하게 넣지요. 좋아하면 소중하게 다뤄야 해요."

사람을 사랑하면 그 사람을 소중하게 대하게 되는 것과 같은 맥락이다. 사람을 대하면서 그 사람의 진짜를 족집게처럼 집어내기란 쉽지 않지만 결코 어려운 일도 아니다.

오히려 내 경우는 아주 쉽다. 그 사람이 돈을 대하는 태도를 보면 알 수 있다. 돈 문제가 정확한 사람은 믿을 만한 사람이다. 아무리 사람이 좋고, 상가마다 찾아다니는 정 많은 사람이라고 해도 돈 문제가 흐릿하면 아웃이다. 결국 셈이 흐려서 돈 때문에 주변 사람들에게 알게 모르게 피해를 준다.

돈 많은 사람을 무시하거나 조롱하는 사람은 십중팔구 재정상태가 꽝이라고 짐작하면 된다. 돈 자랑을 한다며 돈 있는 사람을 무시하는 이들은 자랑할 돈이 없는 경우가 대부분이다. 부자는 다 천민자본가라고 비판하는 사람들을 관찰해보면 결국 그 부자가 내는 저녁을 얻어먹고 산다. 그러면서 자신은 매우 격 있는 사람이라고 자처한다. 이런 사람과는 하루 빨리 관계를 정리하거나 청산하는 것이 좋다. 뼈 빠지게 벌어 불쌍한 마음에 한 끼 밥과 한 잔의 술을 사줘도 고마워할 줄 모르기 때문이다.

부자들이라면 모두 옳지 못한 방법으로 돈을 벌었다고 주장하는 사람도 있다. 그런데 막상 보면 그런 주장을 하는 이들은 옳은 방법이건 옳지 못한 방법이건 간에 돈을 벌어본 적이 없는 사람일 경우가 많다. 물론 세금도 낸 적이 없다. 그런 그들이 진짜 원하는 것은 무엇일까? 바로 돈이다. 결국은 돈이다. 얼마 전 히트 친 뮤지컬의 캐치프레이즈가 내게는 충격적이었다.

"부자들의 천국은 가난한 자의 지옥으로 만들어진 것이다."

다 옛날이야기다. 빅토르 위고가 살아 있던 1800년대 이야기다. 지금은 21세기다. 땀 흘려 돈 벌지 않고 세금 내지 않는 사람들이 누군가를 희생시킬 수 있는 그런 시대는 결코 아닐 것이다.

타인의 취향을
존중하라

요즘은 재미있는 세상이다. 다양한 기호나 취향이 존중받는 시대이다. 사회가 다원화되고 많은 가치가 혼재하기 때문일 것이다.

그 가운데 하나가 '채식주의자'이다. 채식주의자들의 자부심은 대단하다. 그리고 채식을 스스로 찬양하는 글도 매우 열심히 올린다. SNS에서 채식을 찬양하는 글을 자주 보게 되지만 내용은 거의 비슷하다.

"어릴 때부터 생선도 고기도 싫어해서 먹지 않았어요. 그래서일까? 고기를 좋아하는 형제들은 성격이 거칠었지만 저는 좀 결이 달랐어요. 그래서 제 시누이는 이렇게 고운 심성은 처음이라고 제게 자주 말한답니다."

"아이를 낳고 나서 채식을 하게 됐어요. 새끼를 낳는 세상의 모든 동물을 먹는다는 것이 도저히 용납되지 않더라고요."

"지구환경 보호를 위해서 채식을 해요. 우리가 먹는 고기를 얻으려면 얼마나 많은 사료가 필요한지 알고 나서 깜짝 놀랐어요."

일리 있는 말이다. 고개를 끄덕이게 되는 대목이 분명 있다. 나는 절대 채식주의자가 아니다. 정확히 말하자면 잡식주의, 육식주의자라고 해도 틀린 말은 아니다. 어느 날 뭔가 허전하거나 기운이 없을 때가 있다. 그럴 때 나는 "언제 고기를 먹었더라?" 하고 스스로에게 묻는다.

"지난 목요일에 보쌈 먹고 벌써 일주일이나 지났잖아? 어쩐지!"

나는 고기를 일주일에 두 번은 먹어야 되는 사람이다. 그렇지 않으면 기력이 떨어지는 것을 느낀다. 또한 마마무, 화사처럼 생간도 좋아한다. 어렸을 때 외할머니는 튼튼하라고(안 그래도 우량아였다) 나를 위해 동네 고깃간에 특별부탁을 해서 생간을 사 왔다. 그리고 그 생간을 기름소금장에 찍어 주셨다. 그렇게 잘 먹고 학교에 가면 아이들이 내게 말했다.

"여옥아, 너 눈이 아주 반짝반짝한다."

그래서일까? 나는 고기라면 다 좋아하는 편이다. 또 내 몸이 경험한 것을 토대로 나는 스스로 고기가 필요한 인간이라

103

고 규정했다. 나이 들어서는 더욱더 신경을 써서 가급적 고기를 꼭 먹도록 노력하고 있다. 내 몸을 위해서다. '당신이 먹는 것이 바로 당신 자신'이라는 말에 100퍼센트 공감한다. 풀만 먹는 고요함과 평화로움의 가치를 존중한다. 하지만 나는 삶에서 역동성, 도전, 에너지, 열정, 뭐 이런 것을 고요함, 평화, 힐링 같은 단어 우위에 두는 사람이다.

그런데 내 주변에도 점점 더 채식주의자들이 늘고 있다. 가끔은 매우 엄격한 채식주의자들을 만나기도 한다. 우유도 안 마시고 달걀이 들어간 빵이나 케이크도 먹지 않는다. 꼼꼼히 성분을 들여다보고 먹지 않겠다는 결단을 내린다. 그렇게 되면 주변 사람들도 머쓱해져버린다. 가만히 있어도 되는데 그녀는 꼭 한마디를 덧붙인다.

"육식은 너무 폭력적이에요."

(그러면 우리는 무뢰한이며 조폭이란 말인가?)

다소 썰렁한 반응이 분한 듯 그녀는 여기에서 그치지 않는다.

"그리고 육식은 살인이고 폭력이에요. 저는 전쟁을 원치 않아요. 평화를 원해요."

(그러면 고기 먹는 우리가 전쟁광이라고? 심하다)

여기서 더 말을 붙였다가는 심각한 사태에 이를 거라는 생

각에 다들 입을 다문다. 점점 더 사람들이 뾰족해지는 세상에
살고 있으니까. 되도록 사람들과 부딪히지 않는 것이 좋다.
그리고 상관하지 않고 내 취향대로 고기를 마음껏 먹는 것이
좋다.

함께 주문을 하다 보면 채식주의자가 아닌 사람들을 무슨
무자비한 맹수나 하이에나 같은 느낌이 들도록 사람을 몰아
가는 경우도 있다. 생각보다 이토록 전투력이 강고한 채식주
의자들도 꽤 만났다.

채식주의자들이 온순하다는 데에는 대체로 동의하는 편이
다. 채식주의자들이 부드럽고 조용하고 담백한 측면은 분명히
있는 것 같다. 물론 이런 식으로 일반화의 오류를 범하는 경우
는 어디든지 있다. 예를 들면, 인도의 남쪽과 북쪽의 차이 같은
것. 모든 채식주의자가 성격이 온순할까? 인도 남부와 북부는
음식의 차이만큼 사람들의 기질도 매우 다르다. 멀게 갈 것도
없이 소설《매디슨 카운티의 다리》만 봐도 그렇다.

하루 두 끼 정도는 두툼한 스테이크를 먹는 미국 시골로 시
집온 이탈리아 여자 프란체스카. 그녀의 일상은 고기를 손질
하고 굽고 자르는 것이었다. 그러던 어느 날 떠돌며 사진을 찍
는 사진기자와 우연히 만난다. 이들은 자석처럼 붙어서 춤을
추고 용감하게 사랑을 나눈다. 그리고 사랑을 나누고 난 뒤 허

기를 달래는 장면이 있다. 그들이 먹는 음식은 각종 채소를 담뿍 넣은 수프다. 보글보글 끓고 있는 채소 수프를 보면서 그녀는 안도감을 느끼고 편안하다고 생각한다. 그리고 농익은 섹스를 음미하듯 푹 끓어 채소 본연의 맛을 낸 채소 수프를 탐식한다.

물론 나도 그 수프가 맛있을 듯해서 끓여본 적이 있다. 그러나 결론은 별로였다. 밍밍했다. 그래서 다음에는 양지를 넣고 끓였더니 그렇게 맛있을 수가 없어서 한 냄비를 다 먹었다.

순하게 풀을 뜯어 먹는 양떼를 보면 평화롭게 느껴지는 것은 사실이다. 그와 동시에 날카로운 눈매에 날렵하게 몸을 날리는 육식동물의 움직임도 찬탄을 불러온다. 그저 다를 뿐이다. 차이가 있을 뿐이다.

헬렌 니어링의 식탁 사진은 오래 기억에 남는다. 큰 식탁 위에는 나무로 깍은 큰 숟가락과 수프 그릇 하나밖에 없다. 그 사진을 보고 채식주의자가 됐다고 하는 사람도 보았다.

나는 모든 사람들의 기호를 존중한다. 누구와도 함께 음식을 먹으면서 몇 가지 메뉴를 양보하고 조정할 수 있는 포용력은 갖추고 있다. 그렇지만 육식주의자들을 조폭 취급하거나 전쟁광으로 몰아세우는 것은 참기가 어렵다. 말 그대로 개인의 취향이기 때문이다.

나는 고기를 먹어야 건강하다고 채식주의자를 채근하지 않는다. 그러니까 채식주의자들도 제발 그렇게 하지 말았으면 좋겠다. 나라는 인간은 잡식동물이다. 고기를 먹지 않으면 어지럽고 기운이 없는 사람이다.

무더운 여름에는 수박도 쟁여놓고 먹지만 민어회와 삼계탕을 빼놓지 않고 먹는 사람이다. 매실 절임 갖고는 도저히 여름을 날 수 없는 사람이다. 개인의 취향을 존중하는 것, 나의 잣대로 상대를 옭아매지 않는 것, 이는 채식의 문제만은 아닐 것이다.

지하철에
이상한 사람들이 많죠

"왜 이렇게 지하철에 이상한 사람들이 많죠?"

동의한다. 정상적인 사람들은 휴대폰 좀비족이고 나머지 사람들은 그 눈빛이 불안하고 흔들린다.

"지하철 안에서 절대로 사람들과 눈을 마주치지 마세요."

이런 말은 매우 값진 충고가 되었다. 살기가 힘든 요즘이다. 우울증에 공황장애에 조울증에 정신적인 질환이 심각하다. 최근 들어 자살하는 이들의 기사가 빠진 TV뉴스가 있었던가?

"옛날에는 이렇지 않았는데"

이런 말을 한다면 정말 옛날 사람이다. 전쟁터에서는 자살하는 사람이 없다는 것과 같은 이야기다. 우리가 사는 사회는 온 앤 오프로 얽혀 있다. 최소한 2차원이다. 그러니 그 사이를 오락가락하다 보면 4차원이 되는 것은 시간문제다.

나 역시 내 젊은 날보다 우울하거나 축 처질 때가 있다. 갱년기 증후군? 아니면 나이 들어 가면서 오는 우울증인가? 곰곰이 생각해본 결과 복잡다단한 지금 사회가 원인이라는 결론을 얻었다. 그럼에도 불구하고 재미삼아 스트레스 수치를 조사해보면 부끄럽게도 "스트레스를 느끼지 않습니다"라고 나오곤 했다. 결국 느끼고, 보고, 겪고, 대처해야 될 것들이 포화상태여서 생기는 현상인 듯하다.

직장 내 은따나 왕따 따돌림 같은 것은 옛날에도 물론 있었다. 그렇다고 중증 우울증이나 공황장애 혹은 자살까지는 가지 않았던 것 같다. 지금은 다르다. 얼굴 맞대는 오프라인을 넘어 가족이나 회사, 동창회, 지인들과 단톡방에서 행해지는 왕따는 '이지메'라는 일본식 표현 그대로 '짓이김' 그 자체다.

따라서 건강한 정신 정도가 아니라 얼굴에 철판을 깔아야 되고 절대 상처받지 않는 다이아몬드 멘탈을 지녀야 한다. 세상의 어떤 단단한 철도 동도 금도 다이아몬드를 상처 낼 수 없다.

그렇다면 이 풍진 세상에서 어떻게 순간순간 급습하는 불안, 초조, 우울증, 공포와 싸워 이길 수 있을까? 나는 2단계 방법으로 나눠서 대처한다. 1단계는 걷는 것이다. 불안하고 초조할 때마다 걷는다. 불빛이 휘황한 서울의 번화가도 좋고 내가 살고 있는 동네의 산책로도 좋다. 한 시간 내지 한 시간 반

정도 무작정 걷는다. 휴대폰은 꺼놓는다. 걸으면서 생각하고 다짐하고 내 자신을 토닥토닥 위로한다.

뇌를 제로세팅해놓고 지금의 초조함과 불안함에 대해 가만히 생각해본다. 왜 초조하고 불안할까? 왜 끝도 없이 추락하는 것 같을까? 한참을 걸으며 이 모든 것들과 정면충돌해본다. 그렇게 걷다 보면 신기할 정도로 초조함도 불안함도 가라앉는다. 동시에 풀썩 나를 주저앉게 만드는 모든 것이 실은 절대로 일어나지 않을 확률이 99%라는 것을 깨닫게 된다. 걷기는 완전한 명상이며 사색의 과정이기도 하다. 걷다 보면 가라앉고 치유된다는 것, 내가 깨달은 매우 유용한 해소 방식이다.

물론 더 고통스러운 때가 있다. 무서울 때가 있다. 앞으로 내가 감당할 일들이 두렵고 공포스럽다. 우울증을 가리켜 흔히 마음의 감기라고 한다면 이 공포는 폐렴이나 독감 수준이다. 이런 공포를 위해서는 평소에 예방주사를 맞아두어야 한다. 자신을 돌보고 보살피고 자신이 한 실수에서 배워야 한다. 동시에 다른 사람이 어떤 식으로 그런 공포나 두려움을 삭이면서 일어서는가를 관찰하는 것도 필요하다. 물론 인생이 늘 준비가 되어 있는 것도 아니고, 재고가 있을 때마다 주문을 하는 것도 아니다.

그래서 2단계는 뛰는 것이다. 인생에서 공포와 두려움이 느껴지면 격렬하게 뛴다. 내가 감당할 수 없을 정도의 짐을 던져버리는 심정으로 최대한의 속도로 뛴다. 정신없이 뛰다보면 온몸에 땀이 흐르고 때로는 가슴이 마구마구 뛴다. 그렇게 최정점에 다다르면 숨을 돌리고 걷는다. 육체를 최대한으로 가동하면 육체적으로도 강인해지지만 정신적으로도 더할 나위 없이 최강 레벨로 올라간다.

"내가 두려울 것이 뭐가 있단 말인가?"

나는 그동안 많은 일을 겪었다. 우리 모두 마찬가지다. 한참을 달리고 나면 앞으로 다가올 공포, 두려움에 대비할 수 있다는 확신이 든다. 눈앞에 닥친 모든 어려움을 견딜 수 있고 이겨낼 수 있으리라는 확신이 드는 것이다. 달리다 보면 "최선의 방어는 공격"이라는 격언이 떠오른다. 신기한 일이다.

그러나 그 뒤 여러 의학서적을 보면서 "당연한 일이었잖아?" 했다. 우울증이나 정신질환에 대해 정신과 의사들은 운동처방을 내리곤 한다. 운동을 하면 몸에서 모든 기관이 총동원되는 총력전이 벌어지는 것이다.

그동안 인생에서 몇 차례의 전쟁을, 10차 세계대전쯤은 치른 것 같다. 앞으로 20차 세계대전까지도 가뿐하게 치를 수 있을 것 같다는 생각이 들기도 한다. 그래서 나는 천천히 걷고 빠르게 달린다.

그녀가 떠났다

서운했으나 슬프지는 않았다. 또 만날 것을 알기 때문이다. 적지 않은 시간 동안 우리는 만나고 헤어지고 또 만났다. 그리고 헤어졌다. 하지만 어느 날 우리는 또 만나게 될 것이다.

내게는 그야말로 소중한 사람이지만 그녀가 한국에서 일할 때도 우리는 자주 만나기가 어려웠다. 그러나 마음 속 한가운데 늘 있었다. 치열하게 사는 각자 인생에서 어떤 상황에 있든 무조건 응원하는 관계였다.

그녀를 보내며 이태원의 한 이태리 식당에서 점심을 했다. 내 지갑을 열어서 모든 것을 해결한 인생, 어느 누구에게 기댄 적 없는 우리 삶에 후회는 없다는 이야기를 한참 동안 했다.

"아! 후회하는 거 있어요. 단 하나."

"오호, 뭔데요?"

"한 회사에서 10년을 있었던 것, 만일 직장을 옮겼다면 내 인생이 훨씬 나았을 거예요."

그 말은 옳았다. 한국에서 대학과 대학원을 나온 뒤 그녀는 뜻한 바가 있어 미국 유학을 했다. 좋은 성적으로 좋은 회사에 들어갔다. 그녀는 그 회사에 얼마 안 되는 동양 여성이었다.

"나를 보는 시선은 소수자, 그중에서도 여자. 넌 잘릴 걱정 없어서 좋겠다는 시선도 있었죠."

분명 그녀는 그 이상이었다. 그녀는 매우 비상했다. 뛰어났다. 업무처리를 하는 데 있어 자잘한 퍼즐을 맞추기보다는 큰 그림을 봤다. 물론 이루 말할 수 없이 성실했다. 아마도 모든 한국계 직장인의 공통점일 것이다.

"MBA를 마치고 취직을 할 때 미국이 불황이었죠. 내 동급생 가운데 직장을 얻지 못한 경우도 부지기수였어요. 난 고마웠지요. 그 회사가 나를 선택해준 것에 대해서. 그래서 이 회사에 의리를 지키자 생각했어요."

그렇게 으. 리. 으. 리. 하게 십 년을 보냈다. 그 결과는?

"그때 일을 잡지 못했던 친구들은 뒤늦게 회사에 들어갔어요. 그런데 십 년이 흘러 동창회에서 만났는데 다 부사장급이더군요. 나만 한국으로 치면 국장급? 나보다 뛰어날 것도 없는 친구들인데 차이는 딱 한 가지. 적어도 세 번쯤 직장을 옮

긴 거였어요."

그녀는 그날로 직장을 그만두었다. 그리고 아이들과 함께 하면서 시간을 가졌다. 물론 헤드헌터에게 새로운 직장을 찾고 있다고 말해두었다.

"한 회사에서 사내 승진에 매달리기보다는 회사를 옮기면서 몸값을 높였어야 했어요."

몸값이란 결국 내가 받는 돈이다. 한 우물에서 고인 채로 있으면 그 가치를 몰라주는 세상이다. 미국뿐 아니라 한국도 그렇다.

물론 이 직장에서 저 직장으로 장 보듯 옮겨 다니는 걸 말하는 것이 아니다. 몸값을 올리는 전략적인 이직을 해야 한다는 것이다. 한때는 한 직장에서 30년 근무가 칭찬받던 시대였다.

지금은? 한 직장에서 30년 근무는 그 회사에도 민폐라고 생각한다. 20년 근무를 하면 어떤 선물을 줄까? 전에는 부부 동반 여행도 보내주고 두툼한 보너스도 주었지만 요즘은 다르다. 기껏해야 10만 원짜리 상품권이다.

서로 오래 보고 싶어 하지 않는다. 회사도 그렇고 사람도 그렇다. 한국이나 일본이나 한 직장에서 한 가족처럼 한 핏줄처럼 얽혀서 일하던 시대는 갔다.

폴 케네디 교수는 이미 오래전에 한국인이나 일본인의 한

114

계에 대해서 이렇게 말했다. 한 직장에서 일생을 보내는 고인물 정서가 21세기적 발전을 저해한다고 말이다.

직장을 옮길 시점을 늘 관찰하라. 몸값을 높이는 최고의 방법은 '새로운 체중계'에 올라가는 것이다.

처절히
운동하라

아끼는 후배가 물었다.

"지금 제 나이 34살, 만일 제 나이라면 뭘 하시겠어요?"

나는 즉각 답했다.

"운동이요."

그녀는 의외라는 듯 눈을 동그랗게 떴다. 다소 실망스러운 기색도 보였다.

"왜 운동인가요?"

"강해져야 하니까요."

그렇다. 약자가 아니라 강자로 살기 위해서는 운동을 해야 한다. 체력이 국력이 아니라 체력이 지력이다. 건강한 상태를 넘어 강인한 체력을 갖는 것은 강인한 인생을 사는 최고의 방법이다.

이 나이가 될 때까지 후회되는 것은 별로 없다(물론 아주 없지는 않다). 그러나 가장 후회되는 것이 하나 있다.

'왜 일찍 운동을 시작하지 않았을까?'

물론 20대에도 이런저런 가벼운 운동은 했었다. 에어로빅 같은 스포츠댄스나 수영은 짬짬이 했었다. 하지만 본격적으로 이른바 강인한 근육을 키우는 운동은 하지 못했다. 나의 3, 40대는 밤새도록 업무를 하고 체력을 바닥까지 소진해가면서 기쁨을 느꼈던 일 중독 상태로 보냈다. 그때 일 중독과 더불어 운동 중독이었다면 좋았을 뻔했다.

그리고 국회로 갔다. 하루 3시간 자는 일이 빈번했고, 지역구 관리와 이어지는 술자리에서 나의 건강은 물론 몸도 망가져 가고 있었다. 그때 확실하게 느꼈다.

"사람이 불행하면 자신을 돌보지 못하면 살이 찌는구나."

정치를 그만두고 나서 내가 제일 먼저 한 일은 피트니스센터 회원권을 끊는 것이었다. 그리고 매일매일 최우선적으로 운동을 하러 나갔다. 그것은 매우 유익한 일이었다. 하루에 3시간 정도, 때로는 4시간 정도를 격렬하게 운동했다.

그룹 운동을 보통 두 타임, 컨디션이 좋을 때는 세 타임을 뛴 적도 있었다. 근력운동과 스피닝에 마무리로 스트레칭까지 하고 나면 온몸이 땀으로 흠뻑 젖었다. 등 뒤로 비 오듯 쏟아지는 땀이 줄줄 흐를 때는 묘한 쾌감도 있었다. 마치 달리기를 할 때 '러너스 하이runner's high'처럼 몸이 훨훨 날아가는 느낌이었다. 게다가 노폐물이 싹 청소되는 것 같은 기분에 영화 〈아이 필 프리티〉에서와 같이 자화자찬 예쁨의 경지에도 이르게된다. 어쨌든 운동을 하면 우울함도 싹 사라지고, 묘한 자신감에 정신 근육도 붙는다. 내면의 힘이 딴딴하게 뭉쳐 세상에두려움도 무서운 일도 없게 된다.

그럼 어떻게 하면 성공적인 운동을 할 수 있을까? 우선 나에게 적합한 좋은 피트니스 센터를 찾아야 한다. 좋은 피트니스 센터를 찾는 첫 번째 방법은 나의 직장 혹은 집과 가장 가까운, 접근성이 좋은 곳을 눈여겨보는 것이다. 아파트 커뮤니티 센터는 별로 권하고 싶지 않다. 가깝기는 하지만 하루 종일진을 치는 특정그룹이 있기도 하고 관리비 십 원에 예민한 이들 때문에 제대로 된 운동기구나 프로그램이 마련되지 않는경우가 대부분이다. 그러므로 직장 근처나 집 근처에 활발한운동 프로그램을 진행하고 있는 곳을 찾는 것이 좋다.

좋은 피트니스 센터를 찾는 두 번째 방법은 어떤 사람들이다니는가를 유심히 꼼꼼하게 체크하는 것이다. 그러기 위해서는 아무리 유혹을 해도 값이 싸다는 이유로 1년 치를 한꺼번에 끊어서는 안 된다. 몇몇 고급 피트니스 센터에서는 일주일 패스를 제공하기도 한다. 보통은 1일권을 구입해서 체험을 해보는 것이 좋다. 아니면 한 달씩 끊어서 다니는 것이 좋다.

피해야 할 곳은 이런 곳이다. 특정회원들이 무리 져서 텃세를 부리는 곳이다. 수업을 듣는 자리가 정해져 있는 경우, 혹은 파우더룸 등에서 뒷담화를 열심히 하는 사람들이 있는 곳은 다니지 않는 것이 좋다. 그리고 또 하나 연령대를 살펴야 한다. 나는 기본적으로 고급 피트니스센터는 다니지 않는다. 물론 다녀본 적은 있지만 그때 고급 피트니스 센터는 사교클럽이라는 것을 알았다. 트레드밀에서 6.6만 놓고 걷고 있어도 휘둥그레 눈을 뜨고 지켜본다. PT 트레이너들도 고령자 회원들을 위해 강도를 낮추거나 아니면 스포츠 마사지 위주로 가는 경우가 많다.

그러므로 가장 좋은 피트니스는 30~40대가 주를 이루는 곳이다. 그 연령대는 몸에 대해 약간의 쇠락을 느끼는 동시에 복구에 대한 갈망이 있다. 기를 쓰고 열심히 운동하고 그 보상을 확실히 챙기려는 투지가 있다.

좋은 피트니스 센터를 찾는 세 번째 방법은 좋은 PT선생이 있는 곳을 가는 것이다. 사람처럼 차이 나는 것은 없다. 퍼스널 트레이너 역시 마찬가지다. 운동을 처음 시작하는 사람이 훌륭한 트레이너를 만나면 큰 효과를 거둘 수 있다. 좋은 선생을 방방곡곡으로 찾아다니면 좋겠지만(이것 역시 의미 있는 일이다) 불가능할 것이다. 이럴 때는 자신이 운동하는 센터에서 일하는 트레이너를 유심히 관찰하는 것이 좋다. 누가 얼굴이 잘생겼는지보다는 몸을 보면 된다. 미스터 코리아나 머슬 퀸 같은 몸매를 한 트레이너도 좋고 세월과 더불어 녹아든 강인하고 짜임새 있는 몸을 가진 트레이너도 좋다. 그 가운데 어떤 몸을 원하는가? 그런 몸을 지닌 트레이너에게 PT를 받는 것이 좋다.

그리고 진짜 중요한 것은 트레이너의 가르치는 실력이다. 아무리 몸매가 멋지다고 해도 가르치는 것은 꽝인 사람도 많다. 다른 사람들이 레슨받는 것을 유심히 살펴보면 금방 누가 좋은 트레이너인지를 가려낼 수 있다. 또한 PT를 받고 있는 누구에게라도 슬쩍 물어보면 시시콜콜 누가 최고인지 말해줄 것이다.

제대로 운동을 하면서 내 인생은 완전히 달라졌다. 육체적으로 강인한 사람이 되면서 정신적으로 더 강해졌다. 세상을 바라보는 시각도 많이 달라졌다. 가장 좋아진 것은 사람들의 시선에 개의치 않고 열심히 살아가게 되었다는 것이다. 운동은 몸을 움직인 만큼 성과를 돌려준다. 지식은 혼란도 주고 고통도 준다. 그러나 건강한 몸은 기쁨과 안정을 가져다준다.

정치에 몸담았던 이들은 권력을 잃으면 마치 안 팔리는 연예인처럼 공황상태가 된다. 내가 다행히 그런 상태를 피할 수 있었던 것이 운동이었다.

여의도를 떠나 오로지 운동만 했다. 사람들은 나의 정치 애프터를 상상하며 주변 사람들에게 그 여자는 어떻게 지내냐고 물었다고 한다.

"같은 피트니스 센터 다닌다고 하니 궁금해서 난리들이에요. 그래서 정신없이 운동만 하던데요, 그렇게 말했지요."

나는 그에게 고맙다고 말했다. 정말 정신없이 운동만 하면서 정신을 차렸기 때문이다.

타인에게
말 걸기

"전여옥 씨 아니세요?"

나는 허걱했다. 순간적으로 "아닌데요"라고 해야 하나 망설였다. 그런데 상대는 그 찰나의 선택도 허용하지 않았다.

"아, 맞네요!"

나는 그녀의 눈썰미에 절망했다.

밤 10시. 호텔방에서 한 잔을 하다가 안줏거리를 사러 내려갔다. 도쿄 긴자의 비즈니스 호텔 1층에는 패밀리마트가 있었다.

벙벙한 바지에 하루 종일 입고 다녀 구깃거리는 외투까지도 괜찮았다. 부스스한 나의 머리까지도 좋았다. 문제는 낮부터 차곡차곡 쌓인 나의 '알코올 예금'이었다. 여행이 주는 자유와 일탈이라는 거창한 이름 아래 나는 점심부터 맥주를 마섰다. 그뿐인가. 한 5시께부터는 백화점 지하의 와인 바에서 평소 마셔보고 싶던 이름난 와인을 작심하고 마셨다.

그곳에서는 한국에서는 마셔보기 힘든 와인을 글라스로 마실 수 있었다. 그 기회를 놓친다는 것은 우리 집안의 DNA가 용납하지 않았다. 백화점 지하 와인 시음 바를 거쳐 이곳에 오면 내가 꼭 들르는 와인 바에도 갔다. 쇠고기 안심을 얹은 샐러드와 치즈 플레이트. 그리고 내가 좋아하는 샴페인 뵈브 클리코와 쉬라를 한잔 했다.

호텔에 돌아와 샤워를 하고 책을 읽기 시작했다. 일정보다 이틀 먼저 와서 야무지게 먹고 마시고 놀겠다는 내 계획은 착실히 진행되고 있었다.

'자기 전에 한잔 더 할까? 술과 장미의 나날을 보내야 한다.'

실내복에 긴 외투를 입고 1층 편의점에 내려갔다.

'치즈를 넣은 오징어냐? 아몬드 멸치냐'를 심각하게 고민하던 바로 그 순간!

"전여옥 씨 아니세요?"

하는 말을 듣는 순간 솔직히 얼어붙은 듯 손을 멈췄다. 유명 연예인도 아니고 리즈 시절이 있었던 것도 아니지만 오늘 몰골은 너무 했다. 나는 호흡을 가다듬으며 일단 느긋하게 웃었다.

"아 네, 안녕하세요?"

"맞다. 호호, 내가 맞다고 했잖아."

기뻐하는 그녀의 양옆에는 또래 여성 둘이 있었다(얼른 인사하고 튀어야지).

"반가워요. 도쿄에서, 그것도 이곳 편의점에서 보다니. 여행 오셨나 봐요. 그러면 저는…"

옆에 있던 여성 둘은 약간 수줍어하면서 인사를 나눴다.

"저희는 807호인데 저희 방에서 한잔 안 하실래요?"

내게 말을 건 그녀가 눈을 반짝거리며 말했다.

"네???"

나는 그제서야 눈앞에 세 여성을 제대로 바라보았다. 나이는 삼십대 중반쯤? 각각의 다른 웃음을 짓고 있었다. 그런데 그 웃음은 진심이었다. 상대가 팔을 벌려 나를 맞이하는 그런 느낌이 전해졌다. 나는 그들의 순정부품 같은 웃음이 좋았다.

"좋아요."

나는 낯선 곳을 다니는 걸 미치게 좋아했다. 하지만 낯선 사람은 좋아하지 않았다. 꼭 여행지가 아니더라도, 내가 태어나고 자란 그 서울에서도 난 낯을 가렸다. 하지만 눈을 반짝이며 술 한잔 하자는 그녀. 내 인생에서 낯가림의 비밀번호를 꾹 누른 듯했다.

그녀들은 아주 기뻐했다. 물론 나 역시 기뻤다. 방으로 올라와 거울에 비친 내 모습을 보았다. 그리고 절레절레 고개를 저었다.

"아줌마, 아무리 호텔 편의점이라도 이러고 다니면 안 돼요" 하고 중얼거릴 수밖에 없었다. 그 반성도 잠시 나는 낮에 사둔 비장의 와인을 들고 잽싸게 807호로 향했다. 파티는 즐거운 것이니까.

"똑똑!"

"우와, 어서 오세요."

그녀들의 방은 트리플룸이었다. 제법 넓고 환한 그 방을 꽉 채운 그녀들의 멋진 에너지. 그들은 41살의 동갑내기. 대입 재수를 할 때 같은 기숙학원에서 공부한 역전의 동지들이었다.

"그 산골짝에서 얼마나 힘들었어요?"

셋 다 그때 18살 수험생처럼 고개를 끄덕였다. 젊은 날 한 차례 실패는 그들의 눈빛을 깊게 했음이 분명했다. 셋 다 좋았다. 세 여성 모두 멋지고 각자의 삶과 목표에 충실했다.

그날 우리는 꽤 많이 마셨다. 물론 나는 엄청 마셨다. 바플라이처럼 마신 낮술에다 몇 병인지도 모를 맥주와 와인… 우리는 웃고 떠들며 마셨다. 네 여자는 하룻밤에 만리장성을 쌓았다. 그 뒤로도 우리 만남은 계속 이어졌다. 서울에서도 만났고

속초 여행도 함께 다녀왔다. 와인도 마셨고 막걸리도 마셨다.

눈을 반짝이며 처음 내게 말을 건 그녀는 맥주만 마셨다. 오로지 술자리를 여는 입맞춤 정도로 생각했던 맥주가 그녀 때문에 특별하게 다가왔다. 마트에 가서 장을 볼 때도 맥주를 보면 맥주 마니아인 그녀가 떠올랐다.

"전여옥 씨 아니세요?"

눈을 반짝이며 내게 다가온 그녀. 그런데 많이 만나 보니 그녀는 섬세하고 수줍기까지 했다.

"어떻게 내게 말을 걸 생각을 했어요?"

그러자 그녀가 눈을 반짝이며 말했다.

"전 낯선 사람에게는 말을 잘 걸어요."

"왜요?"

"저 사람이 좋은 사람일 거란 생각이 들면 말을 걸어요."

"아하!"

나는 순간 감동했다. 그녀는 '마이더스 말 걸기'의 달인이었다. 우리는 서로에게 좋은 사람으로 여전히 만나고 있다. 낯선 사람에게, 잘 모르는 사람에게 요즘은 나도 말을 건네곤 한다. 그녀처럼 나도 누군가에게 말을 걸면 수많은 그들이 좋은 사람이 될 것이라는 생각에…

문자소통
시대의 팁

"하루 종일 전화 한 통도 온 적 없어요. 나 이상한 거죠?"

그렇게 묻는 사람이 이상한 거다. 요즘은 하루 종일 전화 한 통 없었다고 아쉬워하는 사람은 없다. 오히려 다행스럽게 생각한다. 대개 사람들은 전화 대신 카톡 같은 메신저로 이 야기 나누길 선호한다. 감정을 대신 전달해주는 카톡 대화창 의 이모티콘만 잘 사용해도 소통에 아무런 문제가 없다. 이제 는 더 이상 연애 초반의 뜨거운 연인들처럼 휴대폰이 열 받을 정도로 서로의 목소리를 탐하며 상대방의 시간을 독점하려고 하지 않는다.

그보다는 지하철 안에서 짬짬이 업무를 보면서 카톡을 날 리고 주고받는 것을 좋아한다. 일종의 감정의 공유경제다. 굳 이 크게 신경 쓰지 않아도 되고 상처도 크게 받지 않는다.

그래서 연애는 물론 업무를 볼 때도 카톡 같은 메신저의 기능은 매우 중요해졌다. 이모티콘은 물론 ^^이나 ~도 제대로 보내야지 그렇지 않으면 큰일 날 때가 있다(우리 아들 꿀단지는 이 점에 매우 민감하다). 그런데 이렇게 메신저가 중요한 시대에 가끔 결정적인 실수를 보게 된다. 온갖 줄임말과 급식체가 난무하고 넘치는 메신저창이지만. 그 결정적인 실수는 다름 아닌 그래도 지켜야 할 최소한의 맞춤법에서 나온다.

"저한테 일해라 절해라 하지 마세요"는 이런 상황을 비틀어 보여주는 블랙유머라고 할 수 있다. 그런데 진짜 맞춤법과 철자법을 모르는 사람이 정말 많다. 내 경우 개인적인 카톡뿐 아니라 업무상으로 카톡을 주고받을 때도 많은 편이다. 실제로 내가 받은 카톡에 이런 것이 있었다.

"결재할 돈이 없어서 큰일이네요."(결제가 맞다)

그럼 일부러 정정해서 답장을 보낸다.

"어떤 대금을 결제해야 하는데요?"

꽤 흔한 일이다.

"엄마가 시집가라고 닥달을 해요."(닦달이 맞다)

"때어올 서류가 있나요?"(떼어올 서류가 맞다)

본의 아니게 맞춤법이 자신의 수준을 드러내는 셈이다.

"거기는 치애법건이 적용되는 것은 아닌가요?"(치외법권이 맞다)

"제일한국인은 그 숫자가 어느 정도인가요?"(재일 한국인이 맞다)

"나녕난제나 마찬가지예요."(난형난제가 맞다)

"병이 낳았어요."(나았어요가 맞다)

"참 문안해요."(무난해요가 맞다)

모두 내가 받은 카톡들이다. 일단은 웃게 된다. 물론 오타
일 수도 있고 일부러(?) 그렇게 쓴 것일 수도 있다. 하지만 뒷
끝이 분명히 남는다. 이렇게 쓰는 사람이라면? 대충 지적 수
준이나 그의 관심이 어느 정도인가를 어쩔 수 없이 짐작하게
되는 것이다.

내가 아는 한 남자는 바로 문자 때문에 여자친구와 헤어졌
다. 이 여자친구는 어여쁘고 늘씬했다. 게다가 털털했다. 마
음속으로 결혼까지? 생각하고 있는 만남이었다. 어느 날 한밤
중에 카톡으로 대화를 나눴다고 한다. 한 달 전에 함께 갔던
타이페이 이야기였다.

"타이페이에 가니 작은 일본 같았어. 장개석 기념관도 좋
았고"

그때 '카톡왓숑' 그녀의 카톡이 왔다.

"장개석 기념관? 우리 그런 데 안 갔잖아? 우리가 간 데는
중정기념관인데…"

갑자기 턱 하고 숨이 막혔다.

"중정이 장개석 아호야…"

그는 장개석도 중정도 낯설 수 있다고 생각했다. 그런데 예쁜 그녀가 또 카톡을 날렸다.

"아호? 아오를 잘못 쓴 거야?"

더 이상 할 말이 없었다. 정말 좋아했던 그녀였는데 그 다음부터 이상할 정도로 모든 호감이 싹 사라졌다는 것이다. 아이의 엄마로서 그녀의 자질이 두려워지기도 했다. 결국 그는 그녀와 헤어졌다. 아무리 아호라는 단어가 지금 시대의 생활용어는 아니지만 "아오를 잘못 쓴 거지?"까지는 감당이 안 된다고 했다.

이 이야기를 들으면서 피식 웃음이 났다. 그러면서 잠깐 생각에 잠기게 되었다. 충분히 그럴 수 있다. 요즘 세상에 장개석이 중정이라는 사실을 모를 수 있다. 이미 그 남자의 심리 저변에 그녀에 대한 의구심이 있었다는 생각도 든다.

이러한 문자소통은 우리 모두의 현실이다. 생각해보면 방송기자로 일했을 때 참 좋은 점이 있었다. 지금과 달리 그때 방송은 그냥 한번 전파를 타면 증발하듯 흘러가 버렸다. 그런 허무한 방송의 생리가 내 노력을 배신한다는 생각도 들었지만 지금 생각해보면 아무것도 남지 않는다는 데 안도한 측면도 있었다. 그 당시 서로가 나누는 말은 증거로 남지 않았다.

그때라면 지금 이 남자의 우려를 정확하게 증빙하지도 못했을 것이다.

이 시대의 문자는 확실하게 남는다. 문자를 보낼 때는 가볍게 보내기보다는 한 번 더 생각하고 보내는 것은 어떨까? 헷갈리는 맞춤법은 한 번 더 확인하고 혹시 잘못 사용한 사자성어는 있는지 미리 점검하고 보내자. 연애를 넘어 업무상의 카톡에서라면 더욱 필요한 일일 수 있다. 이게 우리의 대화가 즉각적으로 사라지지 못하고 끝까지 남아버리는 지금 시대의 소통방식에 대응하는 적절한 태도일 것이다.

만일 당신이 맞춤법에 무심하다면 정신을 차리고 주위를 둘러보자. 이미 단톡방에서 크든 작든 사람들의 보이지 않는 웃음거리가 되었을 수도 있기 때문이다.

혼자 있는 시간

홀로 있는 모습이 멋있을 때? 사람들은 보통 혼자를 두려워한다. 엄청 배고파서 혼자서 식당에 들어갔다가 새 여친과 함께 있는 옛 애인을 만날 것도 아닌데 말이다. 아마도 혼자 있는 상황이 외롭고 쓸쓸하고 처량하게 보일 수 있다고 생각해서일 것이다.

그런데 정말 그럴까? 가끔 멋진 여자를 보았을 때, 혹은 근사한 남자한테 홀렸을 때, 그들은 모두 혼자였다.

얼마 전 인천공항에서였다. 게이트를 향해 걸어가다 내 시선이 한 여자에게 꽂혔다. 그녀는 책상다리를 하고 랩탑을 열심히 두드리고 있었다. 하얀 셔츠에 회색 진 그리고 운동화 차림, 앉아 있어도 꼿꼿하게 척추를 세운 여자라… 나는 일부러 느린 걸음으로 걸으며 그녀를 관찰했다.

아무렇게나 틀어 올린 머리를 하고 뺨과 목덜미에 머리카락 몇 가닥이 흩어져 있었다. 금발과 흑발이 뒤섞인 풍성한 머리카락. 그다지 신경을 쓰지 않은 듯한 그러나 같은 여자인 내 발걸음을 멈추게 할 정도로 매력적이었다.

자연스럽게 그녀의 왼손에 눈길이 갔다. 반지를 끼고 있지 않았다. 그녀는 독신? 아마도 돌싱인지도 모르겠다. 나이는? 굳이 말하자면 40대 후반 언저리라고 하겠지만 그녀에게 나이가 의미 있어 보이지 않았다. 나이를 떠올릴 필요 없을 정도로 관록이 묻어나왔다. 홀로 있는 그녀 자체에서 지금 이대로 어떤 강렬한 힘이 넘쳤다. 혼자라는 위엄(?)에 가까운 의연함이라고 할까? 홀로 여행하는 그녀가 쓸쓸하거나 외롭다는 생각은 나는 물론 그 누구도 하지 않을 것 같았다.

"나중에 하얀 셔츠에 회색 진을 한 번 입어봐야지" 하며 부지런히 발길을 돌렸다. 그녀와 눈길조차 마주치지 않았다. 하지만 그녀가 준 '나 홀로 존재감'이 나의 내면까지도 꽉 채운 듯했다.

물론 그런 남자도 있다. 지난 해 삿포로에 갔다. 연로한 어머니와 20살 된 아들 꿀단지와 함께 한 효도여행이었다. 늘 가족과 함께 있는 것이 즐겁고 좋은 것은 아니다. 분명 사랑하는 이들이지만 내가 혼자 완전히 투어 가이드 노릇을 톡톡히

한 여행이었다. 나는 그 옛날 특파원 시절부터 일본에서 가장 개방적인 곳, 홋카이도를 좋아했다.

그때 기억을 되살려 맥주공장과 양고기로 유명한 징기스칸 식당에 갔다. 그때는 그렇게 먹고 마시러 다녔다. 연로한 노모를 모시고 여행하는 것은 그리 쉽지 않았다. 게다가 철모르는 아들까지 한 묶음으로 다니는 것은 정말 어려운 일이다.

홀로 다녔던 여행을 그리워하며 맥주만 들입다 마시고 있던 찰나였다. 그때 내 눈에 들어온 한 청년이 있었다. 무거운 배낭을 옆에 놓고 지글지글 구워지는 양고기 불판이 신기한지 연방 휴대폰으로 사진을 찍고 있었다. 뽀글뽀글한 머리에 얼굴 전체를 뒤덮은 주근깨까지… 아마도 내 옆에서 툴툴대는 아들 꿀단지와 비슷한 나이 같아 보였다.

'저 나이에 일본을 여행한다? 알바 열심히 해서 여행비 좀 모았나 보다. 아시아에 대한 호기심에 여행까지 온 것을 보면. 저 친구는 전공이 뭘까? 인류학? 역사? 여친은 없어서 혼자 왔나? 아니, 글쎄? 함께 여행할 친구 정도는 마음먹으면 구할 수 있었을 텐데. 음, 쟤는 혼자가 좋았던 거야.'

혼자 이런 저런 생각을 하며 바라보고 있을 때 그가 젓가락을 들어 조심스럽게 고기를 집었다. 능숙하지는 않지만 젓가락을 어떻게 사용하는지를 알고 있는 제스처였다. 그리고 맥주 한잔을 정말로 시원하게 들이켰다. 그리고 참으로 복스럽게 맛있게 음식을 먹었다.

누가 그를 외롭다 할까? 왠지 쓸쓸해 보인다고 할 수나 있을까? 그보다는 그 어떤 이에게도 방해받지 않고 여행의 에센스를 즐기는 모습이었다. 그리고 매우 독립적인 모습… 그는 성장하고 있었고 성숙이라는 단계를 밟고 있는 거였다. 옆에 앉은 아들에게 말했다.

"다음에 너도 저렇게 혼자서 여행해봐. 여친하고도 좋고. 나는 네가 저 청년처럼 컸으면 좋겠다."

계속 툴툴대던 꿀단지는 이렇게 말했다.

"우리 과에는 여자가 없어. 지난번에 한 명 들어왔는데 아무도 걔가 여자인 줄을 몰랐어. 며칠 있다가 알았다니까."

꿀단지는 자동차 정비학과를 다녔다. 작업복을 입고 나타난 '그녀'를 모두 '그'로 알았다고 한다.

요즘은 혼자 있는 멋진 사람들을 많이 보곤 한다. 우리 동네 호프집에는 커다란 TV가 있다. 혼자서 맛있는 안주를 시켜놓고 야구경기를 보는 멋진 50대 남자. 그는 이태리 남자처럼 과감한 색상을 매치시킨 옷을 잘 차려 입고 홀로 맥주와 더불어 야구경기를 완벽하게 즐기고 있었다.

또 내가 가끔 가는 조그만 이태리식당. 홀로 와서 파스타와

타인을 대하는 태도

작은 안주 몇 가지를 시켜놓고 집중해서 와인을 즐기는 남자도 있다. 보기만 해도 그 사람이 얼마나 행복한지를 알 수 있다.

그뿐 아니다. 나는 저녁마다 빠른 걸음으로 7~8킬로 정도를 걷는다. 그럴 때면 일주일에 한두 번은 만나는 사람들이 있다. 재즈 음악을 들으면서 자전거를 타고 휙 지나가는 그 남자. 나는 그의 재즈 취향을 이미 파악해버렸다. 빌리 홀리데이와 엘라 피츠제럴드의 음악이 작게 들려왔다. 밤에 홀로 자전거를 타는 그는 혼자서도 완전체였다.

혼자 있는 모습이 만일 처량하게 보인다면 남의 인생을 살고 있기 때문일 것이다. 반쪽 인생을 간신히 살고 있는 것이다. 혼자 있는 모습이 멋있는 사람은 둘, 셋, 아니 군중 속에 있어도 그 존재가 돋보인다. 혼자 있을 때 잘 즐길 수 있는 사람이 함께 있을 때도 진심으로 즐길 수 있기 때문이다. 혼자서 하는 짝사랑이야말로 어쩌면 가장 완벽한 사랑일 수 있듯이 혼자 있는 시간은 가장 강렬하고 완벽한 순간일 것이다.

나 홀로 힘

식당에 혼자 갔다. 나는 혼자서 어디든 잘 간다. 그런 점에서 일본 작가 아베 아야코(아부순자)가 말한 '나 홀로 힘'의 4가지 조건을 모두 충족했다. 나 홀로 살기 전문가인 그녀는 혼자서 잘 살려면 다음과 같은 4가지를 스스로에게 물어보라고 했다.

첫째, 혼자서 하루 종일 집에 있을 수 있다. 즉, 이야기 상대가 없어도 외롭지 않게 즐겁게 하루를 보낼 수 있는 나 홀로 힘!

둘째, 혼자서 즐겁게 여행할 수 있다. 국내외 불문하고 즐겁고 씩씩하게 다니는 나 홀로 힘!

셋째, 휴일도 혼자서 있을 수 있다. 추석, 설날, 성탄절… 가족 단위로 모이는 명절을 혼자서도 잘 보내는 나 홀로 힘!

넷째, 돈이 없어도 혼자서 즐겁게 보낸다. 즉, 돈 들이지 않고 본인의 안목에 충실한 소비를 즐기는 나 홀로 힘! 고급식당 대신 집에서 맛있는 요리를 만들 수 있다거나 집안을 늘 편안하게 꾸며놓을 수 있는 에너지가 있다면 혼자서 잘 살고 있다는 증거다.

여기에 하나 더 추가한다면 고독사도 나쁘지 않다고 생각한다거나 혼자 사는 집에 들어왔을 때 '아, 나의 집' 하고 안도하는 것…

우리나라 역시 혼영, 혼술, 혼육 등 나혼자산다족이 급격하게 늘고 있다. 이미 서울 같은 대도시는 네 가구 가운데 한 가구가 나홀로가구라는 통계도 있다. 아마도 이 나홀로가구는 조만간 이웃나라 일본보다 급격하게 늘어날 것으로 보인다. 일본의 경우는 커피숍은 물론이고 식당에 가도 절반이 나혼자손님이다. 일본식 집밥인 한 식당에 느지막하게 들렀을 때 주위를 돌아보니 딱 한 테이블 빼고 혼자 식사를 하는 손님이었다. 물론 나를 포함해서 말이다.

대도시의 익명성에 기대면 누구나 타인이다. 그 틈새에서 속박되지 않은 자유를 누리는 것, 그건 매우 현명한 선택이라고 할 수 있다. 의무도 책임도 지지 않고 사는 인생이다. 오랜 세월 익숙한 가족제도라는 이름으로 당연히 받아들였던 모든 것이 이제 선택이자 결단이 되었기 때문이다.

물론 결혼을 했어도 혼자 다니는 사람도 꽤 있다. 내 친구가 그렇다. 남편은 능력 있고 매우 바빴던 공무원, 그녀는 교사였다. 남편이 고위직 공무원이 되면서 모든 가정일은 그녀 몫이 되었다. 어쩔 수 없었다. 아이 문제부터 집안 대소사 그리고 장보기도 그녀 혼자 해야 했다. 한때는 슈퍼에서 함께 카트를 끌며 장 보는 부부가 그렇게 부럽기도 했다고 한다. 어쨌든 현재 남편은 퇴직하고 새로운 직장을 찾았다.

20년 동안 미안했던 남편은 그녀에게 30일간의 세계일주를 하자며 퍼스트석 항공권을 내놓았다. 그 순간 그녀는 눈물이 쏙 빠질 만큼 기뻤다고 한다. 마침내 1등석을 타고 파리로 입성했다. 파리와 로마를 여행하고 바르셀로나와 비엔나까지 갔다. 그렇게 2주일, 딱 절반이 흘렀다. 그런데 그녀는 빨리 집으로 돌아가고 싶어졌다.

20년 동안 아이 학교 문제와 집안일 같은 딱 필요한, 주로 기능적인 이야기만 나눴던 부부였다. 이제 대화를 나누자니 공통의 관심사가 너무도 달랐다. 그뿐 아니었다. 무엇보다 24시간을 꼬박 남편과 함께 있는 것이 고역이었다. 며칠을 고민했다.

"여보, 우리 그만 집으로 돌아가면 어때요?"

호텔 조식을 하며 그녀가 말했다.

"정말? 당신 괜찮겠어?"라는 남편의 어조에 그녀 못지않은 기쁨이 넘쳐흘렀다. 그렇게 그들은 호화 부부 여행을 때려치우고 중간에 돌아왔다. 홀가분한 마음으로…

"얼마나 나한테 돌아가자고 하고 싶었을까? 먼저 입을 떼지 못한 거지. 그래도 우리는 매우 성공적인 여행이었다고 생각해. 다른 부부들은 여행지에서 이혼 직전까지도 간다잖아? 세상에 내가 지금까지 이런 사람하고 살았다니? 돈 쓰는 것, 먹는 것, 코스 짜는 것 사사건건 마음에 안 들고 참다 참다 서로 폭발하고… 우리는 그 직전에 왔으니 아주 현명했던 거지."

그 이후 친구는 홀로 여행을 떠난다. 영화도 혼자 본다. 새 직장을 찾아 다시 정신없이 바쁜 남편과는 어쩌다 함께 하는 외식이 전부. 외식도 그 부부는 '나 홀로 힘'을 인정하는 외식 중이다.

PART 3

젠더를 _____ 생각하는 순간

제인 폰다가
세 번째 이혼을 하면서 말했다

제인 폰다가 세 번째 이혼을 하면서 말했다.

"이제 더 이상 나에게는 남자라는 보증수표가 필요 없다."

또 이런 말도 했다.

"어릴 때부터 늘 여자는 마르고 예뻐야 한다고 생각했다. 그 때문에 나는 많은 어려움을 겪었다."

좀 의외였다. 제인 폰다라는 독립적인 브랜드를 갖고 살아온 여자가 남자를 '보증수표'라고 생각했다니 이상했다. "하기는 억만장자 테드 터너니까" 하다가도 "그래도 이건 아닌데…" 싶었다. 물론 제인 폰다는 이혼을 결심한 이유가 다시 혼자 있어야겠다는 생각이 들어서라고 했다.

여자는 나이가 어릴수록 남자는 사냥 실력이 뛰어날수록 이성에게 인기가 높다고 목소리를 높이는 진화심리학자들은 신나서 이렇게 덧붙일지도 모른다.

"거 봐, 내 말이 맞잖아."

물론 좋아서 죽을 듯이 웃기도 할 것이다. 오랫동안 아니 지금까지도 남자는 여성의 수표 역할을 했다. 여성이 비겁하고 비굴해서가 아니라 여성에게는 '출산과 양육'이라는 독특한 시기가 있기 때문이다. 일단 임신을 한 이상 어떤 여성이라도 이 기간을 피할 수 없고 예외가 될 수 없다.

아이가 뱃속에서 자라는 데 10달, 그리고 그 아이를 독립된 인간으로 키우는 데 적어도 18년… 그런데 유감스럽게도 그 아이를 독립된 인간으로 키우는 데 필요한 기간은 점점 더 길어지고 있다. 30년 이상이 되기도 한다. 요즘은 아예 부모와 일생을 같이 하겠다는 자식들도 있기 때문이다. 어쨌든 길어야 5~10분을 몸부림치고, '아빠'라는 소리를 듣는 남성에 비해 여성은 엄청난 희생과 헌신과 투자를 하면서 '엄마'라는 소리를 듣고 있다.

남성의 정자는 마구 방출되는 것이지만 여성의 난자는 일생 그 숫자가 정해져 있다. 그러므로 여성은 남성처럼 함부로 섹스하고 결혼하고 자신의 유전자를 뿌릴 수가 없다. 만일 그렇다면 매우 비이성적인, 매우 비경제적인 행위라고 볼 수 있다.

그래서 그 옛날 여성들은 우수한 유전자를 가진 남성이자 임신과 양육 기간 동안 자신을 보호하고 지원해줄 남성을 용의주도하게 골라야 했다. 자신과 자신이 낳은 아이들에게 헌신적으로 먹을 것과 잠자리를 제공할 뿐만 아니라 재산의 공여자로서의 조건까지도 부합되는 남성 말이다.

그런 점에서 열 달 동안의 임신기간(포유동물 중에서도 제일 길다) 그리고 점점 더 길어지고 있는 양육기간을 함께 한 남성이 꼭 필요했다. 즉, 남성은 여성이 감당해야 하는 임신과 육아의 시기 동안 비용을 지불하는 보증수표 말 그대로 체크check 였다.

남성들도 보증수표 노릇을 기꺼이 해왔다. 분명 남는 장사였기 때문이다. 노동력이 곧 재산이었던 것은 물론이고 남성에게 많은 자식은 권력의 상징이자 과시의 대상이었다. 결혼을 기반으로 한 가족제도(생물학적인 특징상 남성이 발명한 것이 분명하다)에서 가장이라는 상징은 명예로운 남성의 몫이 되었기 때문이다. 물론 그 순간에도 남성들은 여성에 대한 의심을 거둘 수 없없다.

재미있는 것은 인간이 암컷의 몸에 사정하는 매우 드문 동물이라는 것이다. 그래서 아프리카에는 "엄마의 아기, 아빠의 의문?mams's baby, papa's maybe?"이라는 진실(?)을 추궁하는 속담이 있을 정도다. 수표에 사인을 할 때마다 남성들은 과연 내가 엉뚱한 놈의 자식을 먹고 입히는 것은 아닌지 미심쩍어하는 게 당연한 건지도 모른다.

그렇지만 여성들은 다르다. 내가 품고 낳고 키우기 때문에 일말의 의심이 필요 없다. 그래서 유대인들처럼 어머니의 자식으로 대를 잇는 모계전통을 고수하는 문화도 있다. 두 남녀가 결혼했을 때 남성이 유대인이고 여성이 유대교 신자가 아니라면 그들 사이의 아이는 유대인으로 받아들여지지 않았다. 그러나 모계가 유대인이면 그 자식은 부계가 불교 신자건 천주교 신자건 간에 유대인으로 받아들여진다.

제인 폰다 같은 이른바 개념 있는 여배우도 여성에 대한 그릇된 편견을 가진 적이 있었나 보다. 어릴 적부터 여자는 마르고 예뻐야 한다고 생각했다고 한다. 그 때문에 그녀는 우리가 한번쯤은 들어본 에어로빅 비디오도 냈고 거식증에도 걸렸었다. 실제로 많은 문제가 있었다고 제인 폰다는 솔직히 털어놓았다.

진화심리학자들은 나이가 어린 여자일수록 남자는 사냥감을 많이 가진 남자일수록 이성에게 인기가 높았다고 했다. 제인 폰다의 이러한 이야기는 여성과 남성의 역할에 대한 고질적인 관념을 그대로 보여준다.

로제 바딤부터 테드 터너에 이르기까지 그녀가 만났던 남자들은 이른바 사냥감을 많이 가진 남자들이었다. 그러나 그녀의 자서전을 보면 보증수표라고 믿었던 그들이 제대로 보증한 것은 없었다.

첫 남편 로제 바딤은 트리플 섹스를 원했다. 두 번째 남편 톰 헤이든은 선거운동원을 원했다. 그리고 세 번째 남편 테드 터너는 자신이 거둔 성공의 아이콘으로서 제인 폰다를 원했다.

또 테드 터너는 자신의 자서전에 제인 폰다과 결혼하게 된 과정과 그 생활을 시시콜콜 깨알 같이 써놓았다. 사실 인간이라는 존재는 묘한 존재여서 진정으로 소중한 이야기는 공개하지 않는 법이다. 정말로 아름다운 보석은 금고에 모셔두고 가끔 보는 것과 같은 이치다. 그런데 이 테드 터너란 인간은 마치 로코 쓰듯이 자신과 제인 폰다의 사생활을 팔았다.

제인 폰다가 톰 헤이든과 두 번째 이혼 발표를 하자마자 테드 터너는 전화를 해서 "제인, 나와 데이트하면 어때요" 하고 물었다. 이 테드 터너에게 제인 폰다라는 여자는 포획대상, 즉 사냥감에 불과했던 걸까? 그는 미디어 재벌이라는 명성과 꽤 많아 보이는 돈을 과시했을 것이다. 제인 폰다는 명성도, 부도, 권력도 가졌다. 임신도 육아도 할 필요가 없었다. 그런데도 왜 테드 터너라는 보증수표가 필요했을까?

제인 폰다가 어쨌든 세 번째 이혼을 한 것은 용기 있는 일이었다. 끝내야 한다고 생각하면 반드시 끝내는 것이 옳다. 시작할 때는 어떤 결과가 펼쳐질지 모르지만 끝내야 한다고 생각할 때는 모든 것을 다 겪고 이미 알게 된 상태이기 때문이다.

제인 폰다는 출생과 성장 과정에서 늘 불안하고 외로웠고 사랑에 목말라 했다. 그녀는 사랑이 남자에 의해 완벽하게 채워질 수 있다고 믿었던 모양이다. 그러나 모든 사랑은 스스로에게 베풀 수 있을 때 가능하다. 게다가 남자들이 흔들어대던 수표는 그들의 변심과 변덕과 이기심을 징글징글하게 받아준 뒤에나 지불되는 아주 적은 대가에 불과하다.

제인 폰다는 자신을 그토록 싸게 팔았던 것이다. 60이 넘었을 때라도 남자라는 보증수표가 더 이상 필요 없다고 말한 것은 분명한 자기 성장의 결과다. 더군다나 지금 세상은 체크에 사인하는 남자가 정말 필요 없는 세상 아닌가?

나는? 내 신용카드에 내 사인을 하며 살고 있다. 그런 점에서 제인 폰다보다는 일치감치 철이 든 셈이다.

그녀는 매우 뛰어난 북디자이너다

그녀는 매우 뛰어난 북디자이너다. 비싸지만 누구나 그녀와 함께 일하고 싶어 한다. 늘 독창적이기를 기대하는 이 세계에서 그녀는 자긍심을 갖고 생존하고 있다. 나는 그녀처럼 나이를 가늠할 수 없는 여자가 좋다. 결혼을 했는지 안 했는지 알 수 없는 여자. 자신의 일에 대해 철저한 직업정신을 갖고 있을 때 가능하다. 사생활에 관계없이 일하는 사람으로만 느껴지는 것이 프로라는 생각이 든다.

그녀도 그랬다. 특별히 동안도 아니었고 유난히 꾸미는 것도 아니었다. 그저 일하는 사람으로서만 내 앞에 서 있었다. 책표지의 콘셉트에 대해 함께 이야기할 때도 또박또박 자신의 생각을 가감 없이 밝혔다. 예의 바르고 자신만의 격을 지닌 모습이었다. 그렇게 책에 대해 한바탕 신나게 회의를 했다.

151

기분이 좋았다.

"우리 시원한 맥주 한잔 할까요?" 한 스태프가 제안했다.
다들 "좋아요", "좋죠" 하고 속사포처럼 응답했다. 그때 그녀
만이 어쩔 줄 몰라 하며 조심스럽게 말을 꺼냈다.

"저는, 저는 힘들 것 같아요."

똑 부러지는 그녀였기에 예상치 못한 의외의 태도였다.

"왜요? 같이 가지!"

그녀와 맥주 한 잔하며 더 많은 이야기를 나눴으면 해서 같
이 가자고 했다.

"그게… 아이가… 어린이 집에서."

순간 아차 싶었다.

"아, 그렇군요. 아이가 집에서 기다리는군요. 당연하지요.
얼른 가세요."

같은 엄마로서 나는 말했다.

"아이가 기다린다는 말은 언제든지 당당하게 하세요. 세상
에 그것처럼 중요한 이유는 없거든요."

나도 내 삶에서 후회스러운 순간이 있다. 그중 하나가 그
수많은 회식을 업무의 하나라고, 일이 얽혀 있는 고리라고 생
각했던 일이다. "아이 때문에", "아이가 기다려서"라는 이유를
차마 대지 못했다.

물론 그 시절에는 많은 직장 여성들이 가정이 있어도 가정 이야기를 하지 못했고 책상 위에 아이 사진을 올려놓고 있어도 비아냥의 대상이 되었다. 그런 시대였다. "집에서 그렇게 보고도 못 잊어서 애 사진을 올려놓고 있으니, 쯧쯧" 하는 남자들도 한두 명이 아니었다.

그런 남자들의 뒷담화가 괘씸했던 내 친구는 어느 날 브래드 피트가 상반신 탈의한 사진을 아이 사진 대신 책상에 올려놓았다. 그러자 남자들이 한술 더 떠 수군거렸다. "아니, 외간남자 사진을 왜 책상에. 더구나 서양 양키놈 사진을?" 대놓고 물었던 남자도 있었다. 친구는 무표정한 얼굴로 대답하곤 했다.

"다시 결혼을 하면 이 남자와 할까 하고요."

호랑이 담배 먹던 시절 이야기다. 요즘은 남자들도 가족사진을 회사 책상에 올려놓고 있다. "무슨 일이 있어도 생존해야 한다"는 전의를 불태우기 위한 실탄이라고도 한다. 외국에서는 가족의 일 특히 아이들의 일은 그 어떤 경우보다 우선이된다.

"아이 학부모 참관일이에요."

"아기가 다니는 발레학원 발표회랍니다."

"아이가 알레르기를 일으켰대요."

물론 아이가 아플 경우에는 말할 것도 없다. 일하는 여자들에게 직장과 가정의 양립만큼 어려운 일은 없다. 특히 아이를 키우는 일이 가장 어렵다. 아이에게 엄마의 손이 가장 필요한 시기와 직장에서 뼈 빠지게 일해야 하는 시기는 불행하게도 겹친다.

요즘 들어 그래도 예전보다 회식이 줄어들었다고 한다. 하지만 여전히 사내외교나 네트워킹의 측면에서 회식을 중요시하는 행위는 진행형이다. 때로는 초조할 수도 있고 불안할 수도 있다. 현장을 지키지 못하면 제삿밥이 되는 불행을 겪을 수도 있다.

인생은 하루아침에 끝나는 것이 아니다. 길게 보고 묵묵히 뚜벅뚜벅 걸어가면 된다. 얼마나 오래 끈기 있게 가느냐의 문제다. 내 직업인생에서 2~3년 회식에 참석하지 못한다고 해서 세상이 뒤집히는 것도 아니고 내 커리어가 손상되지도 않는다. 뒷담화는 영원히 뒤에서 할 뿐이라는 점을 기억할 필요가 있다. 일을 할 때 떠오르는 얼굴이 당신이면 충분하다. 그러니 용기를 갖고 당당하게 말하라.

"전 회식 참석 못해요. 아이랑 같이 저녁을 먹어야 해서요."

가장 완벽한 이유다. 그 누구도 반박 불가한 가장 완벽한 이유 말이다.

154

공포의 단어,
경력단절

경력단절이라는 말은 여성들에게는 공포의 단어다. 그렇지만 많은 여성들이 경단녀라는 현실을 맞닥뜨리게 된다. 나의 후배 C도 마찬가지였다. 고생스럽게 스스로 벌어서 대학을 졸업했다. 어머니는 어린 삼남매를 부양해야 하는 싱글맘이었고 맏이인 그녀는 어머니의 유일한 도우미였다. 아침이면 일찍 일어나 어머니와 남동생들 점심 저녁 도시락을 7~9개까지 쌌다. 어머니는 책임감이 강했지만 무조건 남동생들이 우선이었다. 그녀는 늘 뒷전이었다.

늘 시간이 빨리 흘러 대학 가는 일만 꿈꿨다고 한다. 이를 악물고 공부했고 입주가정교사를 하면서 자신의 힘으로 대학을 마쳤다. 물론 외국유학도 온갖 어려움을 거친 뒤 그녀 힘으로 이뤄냈다. 그리고 미국에서 직장을 잡았다. 그 쉽지 않은 과정을 거쳤기에 일터는 그녀에게 매우 중요했다.

결혼을 했고 아이 둘을 낳았다. 그런데 남편 일 때문에 상하이로 가야만 하는 상황이 생겼다. 어렵게 얻은 직장이었다. 또 얼마나 혼신의 힘을 쏟았는지 모른다. 그녀는 두 아이와 함께 미국에 남기로 했다. 하지만 이후 남편은 계속 함께 살자고 했고 그것은 배우자로서 당연한 요구이기도 했다. 결국 고민 끝에 그녀는 사표를 냈다.

"얼마나 힘들었는지 몰라요. 진짜 며칠 만에 머리가 다 샌 것 같은 느낌이었지요."

함께 사는 가족이 주는 기쁨, 안도감, 행복은 컸다. 그러나 그 모든 것이 영원하지도 않고 기대는 충족되지 않는 법이다. 역동성이 넘치는 상하이에서 그녀는 중국어를 배우러 다녔고 아이들 아침을 차려주었다. 모든 시간을 아이들과 함께 보냈다. 점점 더 그녀의 가슴속에 빈 공간이 많아졌다. 남편은 자신의 커리어를 쌓으며 분주하게 출장도 가고 성장과 발전을 거듭하고 있었다. 그녀만 정체되어 있는 고인 물이었다.

그녀를 보러 상하이를 갔을 때 나는 가슴이 아팠다. 왜 세상 여자들은 다 착한 것일까? 왜 자신의 커리어를 끝까지 고집하지 못하는 것일까? 왜 모성은 이토록 모질게 희생을 강요당하는 걸까? 돌아오면서 내 가슴은 찢어질 듯했다.

"일을 찾아요. 너무 아깝잖아요. 지금이라도요."

그녀는 힘없이 고개를 끄덕였다. 남편은 그녀에게 이젠 쉬라고 말한다고 했다. 돈은 내가 열심히 벌고 좀 아껴 쓰면 되지 않느냐면서 말이다.

능력 있고 착한 남편을 두었다고 부러워할 수도 있지만 나는 그 말이 매우 거슬렸다. 이젠 쉬라는 것은 "너는 집에서 아이들만 키워라", "돈은 내가 벌고 아껴 쓰자"라고 보스의 위치에서 하는 말과 다름없기 때문이다.

그러던 어느 날 들뜬 음성으로 그녀가 전화를 했다. 오랜 세월을 함께 했기에 나는 순간 감지했다. 뭔가 좋은 일이 있구나!

"선배, 제 동창과 우연히 연락이 됐는데 한 회사가 한국에서 일할 CEO를 찾는대요. 그래서 지원해보겠다고 했어요."

"우와, 너무 잘됐네요. 무조건 도전해야죠!"

"그런데 아이들 어떻게 해야 할지 모르겠어요."

언제나 여성에게는 아이들이 문제다. 하지만 상하이는 2시간 거리에 불과하다.

"자기답지 않네요. 주말에 왔다 갔다 하면 되지요. 그리고 시간은 무한하지 않아요."

나는 혹시라도 그녀가 좋은 기회를 놓칠까봐 걱정됐다. 그러나 누구의 엄마와 아무개의 부인으로 살았던 1년 반의 무력

감이 결정적이었다.

"해볼래요."

나는 내 일처럼 기뻤다. 그녀가 지원한 회사는 큰 회사는 아니었지만 매우 알찬 다국적 기업이었다. 한국 시장에서도 성과를 내기 위한 CEO를 찾는 상황이었다. 그 자리에 딱 맞는 사람을 찾기 위해 엄청난 시간과 물량을 들이는 것이 인상적이었다. 이력서를 보냈고 간략한 자기소개서를 첨부했다. 서류심사 후 첫 관문이 바로 화상인터뷰, '컨퍼런스콜'이었다.

그녀가 화상인터뷰를 준비할 때 마침 나는 상하이에 있었다. 물론 외국회사에서 일했던 C는 컨퍼런스콜에 익숙했다. 하지만 구직인터뷰를 컨퍼런스콜로 하는 것은 처음이었다. 경쟁자는 그녀 말고도 몇 명이 더 있었다. 그녀 못지않은 화려한 스펙을 가진 이들이었다.

나는 C를 객관적으로 차갑고 차분하게 바라보았다. C는 매우 밝고 사랑스러운 인상을 지니고 있었다. 뛰어난 미인이라고 할 수는 없지만 누가 옆에 있어도 시선을 끌 수 있는 인간적이고 여성적인 매력이 있었다. 그러나 경단녀로 있던 1년 반이 문제였다. 아이들이 학교에 가 있는 동안 중국어를 배우거나 요가 레슨 정도를 받는 게 전부였던 그녀는 어느새 편안한 전업주부 분위기를 풍기고 있었다.

언제 마지막으로 미용실을 다녀왔는지 모를 예전 미스코리아가 했을 법한 사자머리를 하고 있었고 하루 종일 요가복으로 지냈다. 물론 그 나름대로 멋있었다. 하지만 그 회사가 원하는 CEO의 모습은 결코 아니었다. 우리는 서로 머리를 맞대고 무엇을 살리고 죽일 것인가를 결정했다.

일단 젊음을 상징하는 풍성한 머리는 살리되 머리를 귀밑선에서 커트하기로 했다. 그리고 인터뷰를 하기로 한 호텔에 미리 가보았다. 호텔 비즈니스 센터의 한 코너방이었다. 벽면은 전체적으로 차분한 밤색이었고 따스한 느낌을 주는 적절한 조명이 있었다.

"음, 옷은 밤색과 대비되는 빨간색 슈트를 입는 것이 좋겠어요."

"맞아요. 미국에서는 빨간색을 파워 컬러라고도 하니까요."

"화장은 좀 평소보다는 힘을 줘서 하는 것이 좋겠어요. 눈에 포인트를 주는 것이 좋아요. 액세서리는 브로치 하나로 충분하고요."

우리 둘은 서로의 경험을 섞고 발전시키면서 시너지를 발휘했다. 한국으로 돌아오면서 나는 그녀에게 신신당부했다.

"인터뷰하는 날 반드시 미용실에 가서 머리를 만지고 나가요. TV드라마 평범한 아주머니 역을 하는 여배우 머리도 미용실에서 한 시간은 세팅한 거랍니다."

그러고 나서 인터뷰 하루 전날 우리는 리허설 겸 예상 질문 전략회의를 했다. 우리야말로 심도 깊은 화상인터뷰를 했던 셈이다.

가장 중요한 것은 시작과 자기소개다. 척추를 세우고 웃으면 된다. "안녕하세요? 저는 C라고 합니다"면 충분하다. 이 인사는 거울을 보며 몇 차례 연습하는 것이 좋다. 왜냐하면 극도로 긴장해서 자기 이름을 잊어버리는 사람도 나는 본 적이 있다. 물론 C는 능숙했다. 그리고 이어지는 질문. 어떤 질문이 나올지는 뻔했다.

"왜 그 좋은 회사를 그만두었는가?"

"왜 상하이에서 1년 반 동안이나 일을 하지 않고 경력을 관리하지 않았는가?"

"한국에 대해서는 어떤 강점을 갖고 있는가?"

"한국지사의 문제점은 어디에서 비롯된다고 보는가?"

"너의 최종적인 목표는 무엇인가?"

우리는 모범 답안을 준비했다. 뻔한 질문일수록 간결하고 명확한 모범답안이 필요하기 때문이다. 외국인들은 우리처럼 주절주절 필요 없는 서두를 생략한다. 한마디로 돌직구로 핵심을 묻는다. 그러므로 질문이 끝나자마자 즉각 튀어나오듯 빨리 답하는 것이 좋다. 우물쭈물하거나 추임새를 넣는 것은 정돈되지 않은 사람으로 보일 뿐만 아니라 내용파악이 안 된 것으로 보일 수 있다.

대답은 질문의 약 2배에서 3배 정도의 시간이면 된다. 가령 30초 정도의 질문이면 1분에서 1분 반 정도로 답하면 된다. 질문이 1분을 넘어가면 그 질문은 분명 질문자가 가장 알고 싶어 하는 것일 가능성이 높다. 이런 질문에 대해서는 말하고 싶은 것을 충분히 다 하는 것이 좋다. 첫 문장에 핵심을 담아야만 한다. 즉, 자신이 강조하고 싶은 것을 첫 문장에 넣어야 한다. 물론 결론도 깔끔하게 마무리지어야 한다.

여기에서 중요한 것은 바로 리액션이다. 요즘 연예인들이 강조하는 리액션, 즉 반응이다. 물론 맛집 탐험을 하는 연예인들처럼 과잉과 오버의 연속은 안 된다. 질문자의 눈을 지그시 바라보고 시선을 반드시 맞춰야 한다. 고개를 끄덕이는 것도 잊지 말아야 한다. 질문에 대해서는 상황을 봐가면서 세련된 칭찬을 하는 것이 좋다.

"네, 저도 그 문제를 늘 고민하고 있었습니다."

"제 오랜 관심사였는데 답하게 되어 기쁘네요."

"말씀하신 점에 대해서 저도 늘 대비해야 한다고 생각했습니다."

"이런 질문을 하시는 것을 보니 그 분야에서 오래 일하셨군요."

즉, 아주 교묘하게, 눈치 채지 못하게 질문자를 칭찬하는 것이 중요하다. 그러나 꼭 주의해야 할 것이 있다. 마치 교수가 학생을 칭찬해주는 것처럼 하면 절대 안 된다. 예를 들어 "참 좋은 질문입니다"라고 한다면 인터뷰하는 사람은 "주제넘네"하면서 불편한 미소를 띨 것이다.

우리는 최선을 다해서 리허설을 했다. 그리고 C는 미용실에서 공들여 머리를 하고 면접장으로 나갔다. 상하이와 미국을 넘나든 화상인터뷰에서 C는 최고의 점수를 받았다.

C는 일 년 반의 공백이 무색할 정도로 한국으로 들어가 좋은 자리를 차지했다. 그리고 계약기간 동안 눈부신 성과를 냈고 회사는 그녀에게 엄청난 액수의 스톡옵션을 보상으로 주었다. 회사 대표는 그녀에게 이렇게 말했다고 한다.

"내가 한 일 가운데 제일 잘한 것이 당신을 뽑은 것이다."

그녀는 그 말에도 확실한 리액션을 보여줬다. 환하게 웃으며 힘껏 고개를 끄덕였다.

같은 실수를
반복하지 마라

신이 있다면 인간이 얼마나 우스웠을까? 그리스 로마 신화에 따르면 신이 제일 이해하지 못하는 것은 바로 인간이 같은 실수를 반복하는 것이라고 한다. 절로 고개를 끄덕이게 된다. 특히 상대를 찾는 일에서 그렇다.

요즘은 이혼이 아니라 삼혼도 그리 드물지 않다. 내 주변에서 삼혼을 한 사람이 있다. 그리고 또 세 번째 이혼을 한 사람도 있다. 처음 그녀가 세 번째 결혼을 했을 때 나는 고개를 갸우뚱했다. 여전히 결혼이라는 제도가 남성 중심인 한국사회에서 세 번의 결혼이라….

"보기와 달리 진짜 착한 여자(?)인가 보다" 했다. 그리고 그녀가 세 번째 이혼을 했을 때는 이렇게 생각했다.

"정말 용기 있는 여자다."

진심이었다. 다른 사람들의 삐딱한 시선이나 거친 뒷담화를 두려워하지 않았기 때문이다. 세 번 결혼한 것은 이해할 수 없었으나 세 번 이혼한 것은 이해할 수 있었다. 실수를 인정하고 바로잡는 것이 불행 중 다행이기 때문이다.

그렇지만 그녀의 결혼 상대를 보면 참 안타깝기 그지없다. 첫 번째 결혼식에는 참가하지 못했지만 두 번째, 세 번째 결혼식은 참석한 나로서는 참…

우선 놀랐다. 두 번째에도 놀랐고 세 번째에는 뒤로 나자빠질 정도로 놀랐다. 왜냐하면 그 세 명의 남자가 쌍둥이처럼 닮아 있었기 때문이다. 새하얗다 못해 파리한 안색, 웃기보다는 찡그리는 습관, 마르고 큰 키, 사람의 시선을 피하면서 내리까는 눈길까지 완전히 삼쌍둥이처럼 똑같았다. 같은 남자와 세 번 결혼한 셈이었다.

'왜 그랬을까? 똑똑한 그녀가?'

첫 번째 이유는 개인적 취향일 것이다. 나 같으면 가장 싫어할 남자 스타일이건만 그녀에게는 달랐던 것이다. 그런 남자에게 홀딱 빠져버리는 것은 철저하게 그녀만의 취향이었다. 사실 그녀뿐 아니다. 꽤 많은 사람들이 비슷한 사람과 계속 사귀거나 비슷한 사람과 결혼한다. 마른 여자를 좋아하는 남자는 계속 깡마른 여자와 데이트를 하는 것과 마찬가지로 매번 같은 스타일을 만나는 것이다.

　두 번째 이유는 실수에서 배우는 걸 놓쳤기 때문이다. 그런 스타일의 남자가 그녀에게 어떤 나쁜 짓을 저지르는 재수 없는 남자였는지를 그녀는 결코 학습하지 못했다. 서양 속담에 재혼을 하는 것은 건망증에 걸렸기 때문이라는 말이 있는 것처럼 그녀는 계속해서 나쁜 남자 덫에 발목을 잡혔던 것이다.

　그녀는 처절하게 깨달았어야 했다. 처음은 실수라고 하지만 두 번째, 세 번째 결혼은 결코 그녀의 실수라고 볼 수 없다. 끔찍한 남자들과 처참한 결혼생활을 겪고 똑같은 선택을 한다면 그녀에게 문제가 있다고 볼 수밖에 없다.

　세 번째 이유는 가만히 생각해보면 그녀의 인생에 남자가 그만큼 중요했다는 거다. 옆에서 줄곧 관찰해보면 그녀는 남자에 늘 관대하고 약했다. 줄담배를 피우는 그녀는 타인에게 담배 한 가치 주는 것을 몹시 아까워했다(오로지 담배만이다. 밥은 잘 산다). 하지만 담배 한 가치 달라는 남자에게는 라이터까지 켜줄 정도였다. 즉 그녀는 끝없이 비슷한 남자들에게 호의를 베풀다가 속된 말로 호구가 되어버린 것이다.

　네 번째 이유는 정말 놀랍게도 그녀는 그 남자들을 나쁜 남자라고 생각하지 않았다는 거다. 그녀는 그들이 괜찮은 남자인데 자신과 일종의 관계형성을 매끄럽게 하지 못했다고 여겼다. 더 나아가 자신의 성격이나 잘 나가는 직업도 장애가 됐다고 생각했다.

이 부분에서 나는 그녀의 두 번째, 세 번째 남편을 소개받았을 때보다도 더 놀랐다. 자신의 삶 속에서 무엇이 사고의 원인인지를 몰랐던 것이다. 사고 친 원인을 모르다 보니 그녀는 적신호인데도 용감무쌍하게 길을 건넜다. 처음에는 다리를 다쳤지만 두 번째는 팔을 다치고 세 번째는 어깨를 다치고 네 번째 사고 때는 머리를 다칠 수도 있다.

결국 그녀는 똑같은 실수를 반복했다. 인생에서 붉은 신호를 푸른 신호로 알고 계속 직진한 그녀는 말 그대로 남자에게 눈이 멀었던 걸까?

인생에서도 완벽한 색맹이었던 셈이다. 비슷한 상대와 계속 결혼하는 헛똑똑이 여성처럼 자신의 인생에서 유사한 실수를 계속 저지르지 않는지 늘 점검하고 분석해볼 필요가 있다.

인생 최악의 섹스

가까운 후배가 있었다. 그녀가 다니는 회사는 알짜 중소기업, 나름 인정받고 일도 잘하고 있었다. 나도 그녀와 일 때문에 몇 번 술자리를 같이 했다. 매우 지적이고 내성적인 사람이었다. 그런데 술이 들어가면 좀 용감(?)해졌다. 눈이 게슴츠레해지도록 끝장을 보며 마시는 경향이 있었다. 조금 걱정스러웠지만 그녀 나이 34살이었다.

그러던 어느 날 전화가 왔다. 힘들다며 술을 사달라고 했다. 처음 있는 일이었기에 '무슨 일인가?' 하고 약속장소에 갔다. 지금도 기억나는데 매우 어두컴컴한 곳이었다. 나는 원래 툭 트이고 밝은 곳을 좋아하기 때문에 이런 장소에서 초저녁부터 만나는 것이 어색했다. '무슨 일이 있구나' 하고 어림짐작할 수밖에 없었다.

무슨 일이 확실히 있었다.

"그젯밤 회사일로 처음 보는 거래처 사람들과 저녁을 먹었어요. 저녁 먹은 뒤 2차 술자리가 이어졌는데… 제가 좀 많이 마셨어요. 그리고…"

그녀는 눈을 내리깔더니 한숨을 쉬었다. 그러다 어렵게 토해내듯 말을 했다.

"다음 날 깨어보니 남자와 한 침대에 있는 거예요."

나도 침을 꿀꺽 삼켰다.

"그러니까 원나잇 스탠드를 한 거?"

그녀는 고개를 끄덕였다.

"그날 처음 보는 남자와?"

또 다시 고개를 끄덕였다.

특별히 기분이 나쁠 것도 좋을 것도 없었다. 보통 때와 똑같았다. 그런데 술이 들어가고 많이 웃게 됐고 2차를 가자는 사람들에 이끌려 또 술을 마셨다. 아마도 부어라 마셔라 수준으로 세게 달린 것이다. 그리고 그 다음 기억은 없다. 다음날 깨어보니 낯선 방에 낯선 남자와 함께 누워 있었다는 것이다.

"너무 제 자신이 처참하고 기가 막혀요."

문제의 몇 시간 동안은 아무런 기억이 없다고 했다. 그녀의 이야기를 듣다가 매우 심각하다고 생각할 수밖에 없었다. 그러나 날카로운 칼로 베인 상처에 소금을 뿌릴 일은 아니었다.

"다른 사람들은? 그 남자는 뭐라고 해요?"

다행히 다른 사람들은 모르는 것 같다고 했다.

"몸은 괜찮아요? 다친 데는 없고?"

나는 그 점도 걱정됐다.

"기억은 없지만 강제로 당하거나 그런 것은 아니에요. 제가 술에 취해서…"

굳이 더 물어볼 필요는 없었다. 그럼 무엇이 문제인가?

"저는 그 남자한테 호감이 있었어요. 물론 그날 처음 봤지만 괜찮은 남자라고 생각했어요. 그런데 그 남자는 저를 그냥 하룻밤 상대, 원나잇 스탠드로 생각하는 것 같아요. 이틀이 지났지만 카톡도 없고 전화도 없어요. 서로 명함을 주고받았는데 말이죠."

나는 그녀가 한심하게만 생각되지 않았다. 사람은 결코 완벽한 존재가 아니다. 34살의 여성에게 마더 테레사의 삶을 기대할 생각도 없다. 남녀의 관계는 "하룻밤에도 만리장성을 쌓는다"는 말이 그 옛날에도 있었지 않나? 그 옛날에도 원나잇 스탠드의 고전판이 무수히 있었다는 말이다.

그러나 이번에 그녀의 원나잇 스탠드는 실수였고 실패였다. 술기운이란 점에서 필름이 끊겨 기억이 없다는 점에서 실수였다. 하룻밤에도 만리장성을 쌓았다는 말은 확실한 정신적 육체적 교류가 맨 정신에 일어났을 경우에만 해당된다. 술에 취해서 술기운에 기대서 남자 품에 안겼다면 반대로 그런 남자를 안았다면 그건 뭘까? 마치 아끼는 머그컵이 아니라 1회용 종이컵에 커피를 마시는 것과 같은 것이다. 한 번뿐이라는 용도 아래 이뤄진 만남인 것이다. 그 점을 확실히 깨달아야 했다.

그리고 또 왜 실패라고 할 수 있을까? 그 남자에게 호감을 가졌다면 진지한 접근을 했어야 마땅했다. 술을 마시면 누구나 조금씩 변한다. 말이 많아지거나 실없이 계속 웃는다. 술주정을 하기도 하고 잠들거나 울기도 한다. 모두 최선의 모습이 아니라 최저의 자신을 드러내는 행동이다.

내 경우는 술이 취하면 "제가 요리하는 것을 좋아하는데 저희 집에서 식사해요"라는 말을 하곤 했다. 그래서 원치 않는 초대를 하기도 했다. 내가 맨 정신이었다는 것을, 술에 취하지 않았다는 것을 증명하기 위해서였다. 그래서 그 다음부터는 술에 취하면 더 정신을 다잡곤 했다.

인간이 섹스를 하는 이유는 오로지 사랑해서도 아이를 갖기 위해서도 아니다. 인간은 외롭기 때문에 슬프기 때문에 전쟁터에 끌려가는 공포 때문에도 섹스를 한다. 자학적이거나 가학적인 속내를 갖고 섹스를 하는 경우도 있다. 때로는 거래를 위해서 섹스를 하기도 한다.

그러나 필름 끊어진 섹스, 눈 떠보니 웬 낯선 남자가 있더라는 건 정말 최악의 섹스라고 할 수 있다. 그 남자에게 호감이 있었다면 더더욱 이보다 어리석은 섹스는 없다.

평소 똑 떨어지는 지성과 감각을 지닌 그녀가 애처로운 눈빛으로 내게 물었다.

"이제 저는 어쩌면 좋아요?"

나는 안타깝게 바라보다가 이내 대답했다.

"당장 술을 끊어요."

"화끈하게 살아!"

내 최고의 여행친구이자 품앗이 멘토인 그녀에게 말했다.
나와는 열 살 차이가 나지만 우리는 그런 나이를 잊은 지 오래
됐다. 미국 회사에서 정말 빡세게 일하며 서바이벌해온 그녀
가 잠시 한국에 들렀다. 우리는 햇볕이 쏟아지는 여름날 이태
원에서 브런치를 했다.

"이제 미국 사회에서 아시아 여자는 그 위상이 변화하고 있
어요. 전에는 똑똑하고 순종적인 여비서(?) 이것이 아시아 여
성들의 이미지였죠."

하지만 그건 이미 옛날이야기라고 했다.

"요새는 고위직에도 아시아 여성들이 많이 있어요. 그 이유
는 미국이란 나라가 추구하는 다양성 정책 때문이죠. 다인종

국가 미국이 나아가는 방향이니까요."

어디 미국뿐일까?

"영국 왕실 결혼식을 보면서 영국 왕실도 먹고 살려면 변해야겠구나 생각했어요. 미국 국적에 흑인 혼혈에 그것도 한 번 이혼한 여배우, 전에는 이혼한 미국 여자랑 결혼한다고 왕관도 버려야 했던 나라에서."

"맞아요. 엘리자베스 여왕도 흔쾌히 받아들였다는 뉴스도 봤어요."

"영국 왕실도 거대한 리얼리티쇼 아니겠어요? 새로운 출연자가 왕세자비 대기조였던 케이트 미들턴보다는 훨씬 매력적이지 않아요?"

"크크, 맞아요. 생존하려면 변해야지요."

그렇다. 지금 내가 누리는 것을 앞으로도 계속 누릴 생각이라면 방법은 단 한 가지다. 달라지는 세상의 변화에 맞추는 것뿐이다. 우리의 이야기는 좀 더 깊어졌다. 그녀의 고민, 우리 모두가 힘겨운 선택을 해야 했던 바로 그 고민이다.

"여자가 고위직으로 갈 때는 지름길이 있어요. 저 여자는 내가 얼마든지 조종할 수 있는 여자라는 인식을 주는 것."

나는 정치권에서 그런 여자들을 적잖게 보아왔다. 흔히 얼굴마담이라고 불리는 여자들, 참 얼굴 하나는 해맑고 착하고

173

어딘지 모르는 맹한 기운을 에너지랍시고 띄우는 여자들이다. 그 여자들은 남자들에게 선택되었고 간택되었다.

일을 하든 안 하든 상관없기에 그녀들의 능력은 전혀 고려 대상이 아니었다. 바뀌고 있다고는 하지만 여전히 한국 사회에는 그런 여자들이 고위직을 차지한다.

"그래서 내가 한국을 떠난 거예요. X년이 되는 길을 선택했거든요."

"그래, 나도 수많은 남자들에게는 X년이었지. 얼굴마담보다는 훨씬 더 명예롭지."

그녀가 승진을 거듭하며 남자들에게 수없이 들었던 말이었다.

"저건 완전 bitch(해석은 다양하게…)야."

그녀가 깔깔거리며 어린 아이처럼 웃었다.

"지금에 와서 생각해보니 X년이 훨씬 나은 선택이었어요."

그녀는 덧붙였다.

"미국에서 일하는 아시아 여성뿐이겠어요?"

이제는 남자들과 섞이고 부딪히면서 자신의 길을 가는 모든 여자는 X년 소리를 들을 수밖에 없다고도 했다. 얼굴마담을 내세우는 남자들과 정면승부를 해야 하기 때문이다. 나는 적폐니 부역이니 하는 단어를 그리 좋아하지 않는다. 너무 정

치적이어서 그런 걸까? 그러나 얼굴마담은 우리 여성들에게
는 분명 적폐청산의 대상이다.

얼굴마담은 고인 물, 순혈주의, 세습, 거기에다 찌질한 학
연, 지연으로 얽힌 남성권력에 부역하는 존재가 분명하다. 가
오마담의 시대는 갔다. 먼 길 떠나는 후배에게 말했다.

"말하고 싶은 대로, 하고 싶은 대로, X년 소리 들으며 살자,
우리!"

얼굴마담보다 X년이 더 멋지지 않은가?

레몬소주

그녀가 보내준 사진을 물끄러미 보았다.

얼음을 넣은 레몬이 들어간 소주였다.

고단한 삶이 정점에 이른 30대 후반이었다. 회사일은 빡세고 아이들은 어렸다. 전문직인 남편은 직장에 올인해야 할 시기였다. 시어머님이 아이와 집안을 돌봐주고 있었다. 하루 걸러 오는 도우미 아줌마도 있었다. 딱 일하는 여성으로서 시스템이 가동되고 있었다.

하지만 그녀의 일상은 고달팠다. 레몬 소주라도 한 잔 해야하는 그 답답함, 쓸쓸함, 고단함. 나는 너무도 잘 알 수 있었다. 남들이 부러워할 수 있는 좋은 직장, 능력 있는 남편, 사랑스러운 아이들, 그리고 시월드 티를 안 내는 시어머님. 그러나 그녀가 쉴 곳은 없었다.

직장에서 파김치가 되어 집에 돌아오지만 집은 쉴 수 있는 곳이 아니다. 늘 그렇듯 시어머님의 눈치를 보아야 하고 한창 뛰노는 아이들이 오늘 무슨 일을 저지르지 않았나 물어야 했다. 그렇다고 시어머님과 함께 사는 것 외에는 대안이 없다. CCTV를 설치해 놓는다 해도 하루가 멀다 하고 SNS에 뜨는 어린이집이나 돌보미 아주머니들의 만행을 봐야 하는 것이 안타까운 현실이다.

"언제까지 이렇게 살아야 할까?"

아이들이 다 크려면 한참 남았다. 둘째아이가 중학생이 되려면 앞으로 8년이다. 지금 그녀는 41세. 50세가 되어야 비로소 퇴근 후 편히 쉴 수 있는 집에서 살 수 있는 것이다.

아이들을 씻기고 재운 뒤에 마시는 레몬 소주 한 잔. 레몬이 앞에 붙었다고 해서 노래방에서 부르는 임창정의 〈소주 한 잔〉보다 나을 것이 없다. 숨 막힐 것 같은 일상. 그러나 영원히 계속 될 것 같은 답답하고 우울한 하루하루.

그렇다고 대책까지 세울 일은 아니다. 이미 자신이 세운 대책 속의 시스템이 아닌가? 나는 어여쁜 잔에 담긴 레몬 소주를 생각하며 그녀의 모든 고민을 이해했다. 만일 내게 그녀가 "어찌 하오리까?" 하고 물어온다면 난 기꺼이 답하겠다. "지금 상황에서 최선을, 최고를 찾아서 즐기라"고 말이다. 그것이 최선을 다하는 삶이다. 특히 자신에게 말이다.

첫째, 완전 범죄를 저지르듯 흔적을 남기지 말 것. 남편도, 시어머니도 아이들도 모르는 나만의 즐거운 시간을 갖는 것이다. 마사지를 받아도 좋고 친구들과 한 잔 해도 좋다. 또 골드클래스에서 영화를 봐도 좋다. 쇼핑을 하더라도 구입한 물건을 집에 바로 가져가지 말고 자동차 트렁크에 두고 필요할 때 사용한다.

둘째, 마음 내킬 때 언제든 즉각 숨어버린다. "막상 그래도 혼자 해본 적이 없어요." 이런 말을 하는 여성들이 꽤 있다. 그렇지만 일단 익숙해지면 혼자여야 자유롭다. 지금 당신이 고단하고 외로운 이유가 가족이라는 시스템을 유지하기 위해서라는 것을 명심할 필요가 있다. 혼자 있고 싶을 때는 시내 호텔을 예약한다. 운동을 하고 사우나를 하고 혼자서 술 한잔 하며 밤새워 TV를 본다. 다음날은 반차를 내고 12시까지 늦잠을 자고 룸서비스로 아침을 시켜먹는다. 물론 가족들에게는 1박 2일 출장이라고 말한다.

셋째, 적어도 10년짜리 장기적인 목표를 세운다. 예를 들어 중국어나 스페인어 등을 일정 수준까지 끌어올린다는 목표 아래 공부한다. 때로는 집에서 개인교습을 받는 것도 좋다. 퇴근 후 공부하는 순간만큼은 온전히 나의 시간이다. 이때만

큼은 나의 삶에 충실한 상태가 된다.

넷째, 외모 가꾸기에 투자한다. 뇌 못지않게 그 뇌가 담기는 얼굴과 몸을 가꾼다. 이것은 자신을 가꾸는 일이므로 뿌듯한 기분을 느낄 수 있다.

다섯째, 밤 운동을 한다. 강아지를 데리고 나가든 혼자 나가든 40분 정도 밖에서 운동을 한다. 신선한 공기가 있는 곳이면 좋고, 학교 운동장이라도 몇 바퀴 걷거나 뛴 다음 집에 들어간다. 전신건강이 정신건강이다.

이 또한 지나가리라는 구절을 되뇌면서 레몬소주를 마시며 시간을 죽이기엔 지금 삶이, 바로 이 순간이 너무 소중하기 때문이다.

그녀는 신불자

8

우리 모두는 그를 증오했다. 가정이 있음에도 불구하고 늘 그의 곁에는 또 다른 여자가 있었다. 같은 직종은 아니었지만 일로는 연결되는 바람에 종종 그의 화려한 여성편력을 들어야만 했다.

"이번에 사귀는 여자는 글쎄 S대를 나왔대요. 그것도 최우수 성적으로 입사했대요."

그는 직장에서 아주 잘 나가는 능력자였다. 물론 일과 사생활은 분리되어야 마땅하다. 그의 진짜 문제점은 늘 직장 내 여자를 사귀고 있다는 점이었다. 내가 아는 여성만 해도 열 손가락을 꼽을 수 있다.

"두 사람이 하루 종일 붙어 있는데요. 같은 팀이니 그럴 수도 있겠지만 참…"

다들 혀를 끌끌 찼다. 나는 재수 없게 쥐덫에 걸린 순진한 그녀를 동정했다. 불운하다고 할 수밖에 없었다. 어린 나이에 아무것도 모르고 직장에 들어왔다. 인생의 첫 도전이자 경험이었다. 우리가 운전을 배울 때도 운전교습 선생이 제일 괜찮아 보일 수 있듯이 그녀에게 모든 것을 다 알고 있는 그 남자는 하늘 같은 선배일 수 있었다.

무엇보다 안 된 것은 신입사원은 결정적인 약자일 수밖에 없다는 것이다. 그러고 나서 한 반 년 뒤 나는 또 요란한 그의 스캔들을 접했다.

"회사에서 그 남자가 미투로 고발당했대요. 하기는 평소 손버릇이 나빴잖아요."

"그럼 그 신입사원이 미투를?"

"아뇨. 그 신입 전에 사귀었던 여자라는 말도 있어요. 주제에 양다리를 걸친 여자가 사주했다는 썰이 있어요. 최근 알바생한테도 추근거리는 것을 보고 미투로 문제 제기해야 한다고 생각했다나봐요. 회사가 홀딱 뒤집혔대요."

사주받았다고 하기에는 그 알바로 온 여학생의 뜻이 확고했다는 뒷담화도 있었다. 어쨌든 증거가 완벽했기에 그는 사표를 냈다. 그리고 어쨌든 상품성이 있었기에 그는 또 다른 회사로 옮길 수가 있었다.

그런데 문제는 신입사원이었다. 회사에서는 이런 저런 소문이 화끈하게 돌았다. 그렇지만 그녀에게는 묻지 않기로 내부에서 정리가 되었다. 일단 미투 사건으로 나간 그와 사적인 관계라고 판단했기 때문이다. 많은 사람들은 그녀를 가엾다고 생각했다. 그가 저질렀던 수많은 사례에서 얻은 결론이라면 결론이었다.

동료 여성들은 그녀가 새로운 출발을 하길 바랐다. 일만 열심히 하면서 어린 그녀가 겪었을 상처를 떨쳐내고 하나의 몫을 다하는 당당한 직장인이 되기를 바랐을 것이다. 그녀 역시 심장이 칼로 베인 듯한 깊은 상처를 입었지만 의연하려고 애썼다.

"일만 열심히 하고 싶어요."

모든 사람들이 그녀의 심정을 이해하려고 노력했다. 애틋한 마음에서 그녀에게 일을 맡겼다. 하지만 그것이 문제였다. 그녀는 일을 할 줄 몰랐다. 그것도 전.혀. 몰랐다.

"아니, 세상에 어떻게 저럴 수 있지?"

"둘이 맨날 붙어 있었잖아. 야근에 출장에 껌딱지처럼 붙어 다녔는데 아니 어떻게 저렇게 일을 못해. 돌아가는 걸 하나도 모르잖아."

다들 의아해했다. 그래도 일 하나는 잘했던 그와 붙어 있었으니 도제수업 내지 개인교습을 받았으리라고 생각했기 때문이었다. 그래도 일에 대한 지식이나 방법은 건졌을 것이라고 예상했다. 그런데 그녀는 아무것도 못했다. 아무것도 몰랐다.

"세상에!"

다들 놀랐다. 하지만 당연한 결과였다. 그는 그녀에게 일을 가르치지 않았다.

"내가 다 해줄게. 빨리 해치우고 어디 놀러가자."

사랑에 눈먼 그녀는 고개를 끄덕였다. 나와 얼른 함께 있고 싶어서라고 생각했다. 고맙기까지 했다. 그러나 그의 속셈은 달랐다. 그는 그녀가 일할 줄을 몰라야 한다고 생각했을 것이다. 그녀보다 더 우월한 위치에 있기 위해서 그녀에게 아무것도 가르쳐 주지 않기로 일관했을지 모른다. 지금까지 사귄 모든 여자들에게 그는 그렇게 했다. 그녀가 발전하지 않고 성장하지 않고 미성숙하고 미숙한 상태로 있는 것이 그에게는 편했기 때문이다.

결국 아무것도 모르는 그녀는 회사를 그만뒀다. 더 이상 회사에서 생존조차 할 수 없을 정도로 가치가 없어진 것이다. 불쌍한 그녀는 모든 것을 다시 시작하기로 결심했다. 그러나 그녀에게 꼬리표처럼 '아무개의 여자'라는 평판이 따라다녔고 사람들은 '남이 일해준 여자'라고 쑥덕거렸다.

모든 것을 다시 시작하기 전에 그녀에게 전달된 고지서는 실로 엄청났다. 신나게 신용카드를 긁었지만 그녀는 직장인으로서 신용불량자가 되고 말았다.

프라이버시는
내가 봉인한다

세상은 잔인하다. 사람들도 잔인하다. 그리고 때로는 비정하다. 그 사실을 우리는 자주 잊어버린다. 특히 여성들 사이에 그런 사람이 많은 것이 늘 유감이었다. 자신이 맡은 분야에서 일도 똑 부러지게 하고, 프로 정신도 확고하건만 대형사고를 치는 경우를 심심치 않게 보아왔다.

나와 함께 일을 했던 그녀는 감탄이 나올 정도로 똑 부러졌다. 자기 분야에서 인맥관리도 깔끔하게 했을 뿐 아니라 같은 동료여성들과도 좋은 관계를 맺었다. 일터에서 그녀는 최고였다. 완벽하게 자기주변을 정리정돈했고 늘 적절한 판단을 했다.

어디에나 블랙홀이 있기 마련이다. 문제는 그녀의 친구였다. 내가 그 친구를 만난 적은 없었다. 그러나 그녀는 친구와의 우정이 대단하다는 것을 수많은 예를 들어가며 내게 들려줬다. 여성들의 우정에 생겨나는 자잘한 스크래치를 보아왔지만 그저 좋은 관계인가 보다 했다. 그 둘은 사람들과 화려한 만남이 계속되는 일터에서 일한다는 공통점이 있었다.

어느 날 일을 끝나고 한잔하기로 했다. 그녀는 오후 일을 마치고 저녁 술자리에 함께 하겠다고 말했다. 함께 술을 마시는 남자들은 내가 평소에 좋아하는 스타일은 아니었다. 그녀와 함께이기에 나도 저녁약속 시간에 맞춰 나갔다.

누가 남자들의 입이 무겁다고 했을까? 그건 남녀불문하고 오로지 인성의 문제일 뿐이다. 그날 술자리의 두 남자는 모조리 입이 가벼웠다. 나는 가끔 널리 알릴 일이 있으면 그들에게 슬쩍 흘리듯이 말하곤 했다. 그러면 다음날 주변의 모든 사람이 그 일을 알고 내게 "정말이냐?" 하고 물었다.

고기를 굽고 폭탄주까지 마시는 시간이었지만 그녀는 오지 않았다. 두 남자들은 자신을 거쳐 간 여자들에 대해 이야기하기 시작했다. 매우 불편한 자리가 되고 있었다.

"A씨는 왜 안 오지요? 전화도 안 받네요."

내가 휴대폰을 들여다보며 말했다. 그녀 때문에 약속한 자리라서 나는 내내 마음속이 불편했다. 게다가 늙수그레한 남자들과 아슬아슬한 뒷담화를 나눌 정도로 내가 그렇게 한가

하지는 않았다.

"아, A씨는 지금 남친이랑 모텔에 있을 거예요."

내 귀를 의심했다. 아무리 본인이 없다고 해도 이런 말을 할수 있을까? 나는 아무런 대꾸를 하지 않았다. 무시하는 것이, 대화를 진전시키지 않는 것이 그녀를 보호하는 유일한 방법이었기 때문이다. 그러나 그 입 싼 남자는 가만히 있지 않았다.

"아, 그 B가 그러더구먼. 맨날 A하고 다니는 그 B가. 지난번에 술 취해서 하는 말이 가끔 A가 약속시간에 안 나타나면 남자들하고 모텔에 있는 거라고 하던데."

당사자가 아닌 내가 기막힐 노릇이었다. 그 남자들의 머릿속에는 이미 야동이 돌아가고 있었을 것이다. 나는 얼른 화제를 다른 곳으로 돌렸다. 그리고 대충 자리를 마무리하고 일어섰다. 그 다음날 나는 또 일 때문에 A를 만나야 했다.

"어제 죄송했어요. 일이 너무 늦게 끝나서 갈 수가 없었어요."

물론 어제 미안함을 가득 담은 그녀의 카톡을 보았다. 바로앞에서 활짝 웃는 그녀의 얼굴을 보며 순간 매우 혼란스러웠다. 그리고 고민했다.

"그 자식이 이런 말을 했다는 것을 알려줘야 하나, 말아야하나?"

나는 입을 다물었다. 왜냐하면 내가 살아온 날이 말해주는 나름의 경험이 있었기 때문이다. 〈나의 아저씨〉라는 드라마에 이런 말이 나온다. 이선균이 아이유에게 하는 말이다.

"타인에게 누군가에 대한 약점을 전해주지 마. 그를 생각해서 전해준 거라 해도 그는 자신의 약점을, 자신의 부끄러운 부분을 네가 알고 있다는 사실 때문에 너를 오히려 피하게 될 거야."

물론 그 대사는 우리 모두의 인간사를 관통한다. 거기에 생각해봐야 할 또 한 가지 중요한 점이 있다. 전해주는 사람도 가해자가 될 수 있다는 사실이다. 만일 내가 그녀에게 "그 남자 B가 너에 대해 이렇게 말했어"라고 전해준다면 어떤 일이 일어날까?

1. A는 친구 B를 찾아가 머리채를 잡을 것이다.
2. A는 그 남자 C가 인간이 아니라 개에 가깝다는 자료를 꽤 갖고 있기에 그에 대한 소문을 사실로 만들어버릴 것이다.
3. A는 나와 멀어질 것이다.

1번, 2번은 이해가 되지만 왜 3번? 할 것이다. 그러나 1번과 2번보다 확률이 높은 것이 3번이다. 왜 그럴까? A는 그 사실을 전한 내게 이미 강한 수치심을 느꼈기 때문이다. 그녀의 사생활이긴 하나 우리 모두가 그렇듯이 비공개이길 바라는 것이 사생활이다.

인간은 대개 비겁하고 옹졸하다. '차라리 몰랐으면 좋았을 것'을 생각한답시고 알려주는 저의를 의심하게 된다. 즉, 과녁을 다른 방향으로 돌리거나 물 타기를 하는 것이다. 그래야 자신이 덜 부끄럽고 덜 창피하고 덜 화가 나기 때문이다. 무엇보다 A는 상처를 입었다. 그 쓰라린 상처를 만든 1차 가해자가 바로 그 내용을 전달할 나라고 생각할 것이다.

그래서 나는 입을 다물었다. 하지만 그 후 A를 보면서 혼란스러웠다. 과연 내가 잘한 것일까? 싶기도 했다. A는 점심을 먹으며 내게 털어놓았다.

"결혼을 하긴 해야 하는데 남자가 없어요. 저 좋다고 하는 남자들은 다 어린 애들이고. 에효, 그냥 두면 뭐하나. 나중에는 같이 자자고 하는 놈도 없을 것 같고, 아껴서 뭐하나 하는 생각이 들어서…"

듣고 있던 나는 그녀에게 말했다.

"그만! 그만 이야기해요."

A는 눈을 동그랗게 떴다.

"내 프라이버시는 내가 지켜야 해요. 온 세상 사람이 알아도 되는 것 빼놓고는 이야기하지 마세요."

나는 수저를 놓고 그녀의 커다란 눈을 쳐다보며 말했다. 그녀가 내 뜻을 암묵적으로 이해했길 절실히 바라면서… 나의 프라이버시는 내 입으로 봉인해야 한다. 그것도 단단히.

결혼이
사라지는 이유

최근 많은 여성들이 결혼하지 않고 산다. 이웃나라 일본에서는 이미 오래 전 이야기다. 결혼하고 고생하느니 차라리 내가 번 돈 내가 쓰면서 편안하게 살겠다는 것. 이제는 우리나라 이야기가 됐다.

하기는 내가 아는 한 독신 여성의 삶은 매우 풍요롭다. 전문직을 가진 그녀는 일 년에 두 번쯤 해외여행을 간다. 여행지는 그녀가 좋아하는 유럽의 각 나라들, 오스트리아 빈부터 로마, 파리, 브뤼셀, 바르셀로나… 국내여행만큼 아니 국내여행보다, 비행기 타는 것을 좋아해서 해외여행을 더 많이 다녔다.

"다소 외롭기는 하지만, 나 홀로 사는 것이 맞다는 결론을 얻었죠."

나도 고개를 끄덕인다. 만일 내가 다시 태어난다면 결혼도 하지 않고 물론 자식도 낳지 않을 것이다. 내 목숨만큼 사랑하는 아들을 얻었지만 이승에서 단 한번으로 족하다는 생각을 한다. 그만큼 결혼과 출산은 고통도 좌절도 많았다.

이웃나라 일본은 더 하다. 일단 초고령사회 일본에서 딸은 아들보다 훨씬 더 부가가치가 있다고 대놓고 말한다. 아들은 결혼하면 남이다. 특히 가족 안에서의 삶보다 개인적 삶을 더 우위에 두는 일본에서 아들은 없다고 생각하는 것이 편하다. 가령 부모가 병이 걸렸다거나 알츠하이머 같은 치매에 걸리면 남보다 못한 사람이 아들이 되고 만다. 그 즉시 연락을 끊는 것은 물론 장례식에도 나타나지 않는다. 그래서 홀로 죽음을 맞는 '고독사'나 장례 절차도 없이 그대로 화장을 하는 '직장'도 일본에서는 특별한 일이 아니다.

하지만 딸은 다르다. 결혼을 했어도 부모를 돌보는 일에 있어서는 그 어떤 효자 아들보다 낫다. 반찬도 챙겨주고 전화도 자주한다. 게다가 부모가 문제가 생기면 그래도 끝까지 자리를 지켜주며 눈물을 훔쳐 주는 것이 딸이다.

그래서 최근에는 더더욱 딸이 미래 보험으로서 꽤 대우를 받는다. 내가 아는 한 독신 일본여성도 그렇다. 방송국 기자였던 그녀는 비혼주의자이다. 그런데 그녀의 생활은 방송기자 월급으로는 택도 없을 만큼 호화로웠다. 주 1회 골프, 머리

끝부터 발끝까지 걸치고 있는 것은 모조리 명품, 해외여행도 호화로운 크루즈 여행을 비롯해 좋은 곳으로만 다녔다. 그뿐 아니다. 도쿄에서 핫한 식당은 늘 그녀에게 물어보면 된다. 한 사람의 식사 값이 3만 엔 정도는 되는 스시집이나 프렌치 레스토랑을 주르르 꿰고 있다.

게다가 그녀는 와인 애호가다. 일주일에 한 번씩은 고급와인 숍에 가서 소믈리에와 진지한 의견을 나누며 몇 병을 부담 없이 사가지고 온다. 어떻게 기자 월급으로 이 모든 게 가능할까?

그 답은 바로 '부자아빠'를 두어서다. 여자에게 제일 복 많은 것은 부자남편이나 부자아들이 아니라 부자아빠를 둔 경우라는 말이 맞다. 부자아빠라면 자신의 노후 준비에 급급해하거나 비혼주의자 딸을 걱정할 필요가 없는 것 같다. 오히려 그들은 노후에 문제가 생긴다면 그 딸이 따뜻한 손을 내밀고 보듬어줄 거라고 믿는다.

그녀 역시 아주 괜찮다. 아무래도 크리스마스나 발렌타인데이 같은 특별한 날, 그리고 명절의 쓸쓸함을 걱정하며 '어쩌다 결혼'을 한 사람도 적지 않다. 그러나 비혼의 경우 오히려 부모와 함께 살기에 외로울 때가 없다. 오히려 영원히 사랑받는 딸로서, 부모의 든든한 경제적 우산 아래 자기가 버는 월급은 용돈처럼 쓰면 된다.

역시 독신인 내 친구 또한 참으로 평화롭고 안정된 삶을 살고 있다. 결혼과 자녀교육이라는 '정글의 법칙'과는 관계없이 살았다. 안정된 직업이 있고 오랫동안 병을 앓았던 어머니가 있지만 어머니 자신의 재산으로 치료비를 다 감당하고 딸에게는 커다란 집 한 채까지 남겼다.

'내 자신이 현명했다고 생각해요. 결국 집안도 물건이 많이 없다면 늘 깨끗하게 정리할 수 있잖아요? 가족관계도 만일 결혼을 했다면 최소한 더블이 됐겠지요? 얼마나 할 일도, 챙길 일도 많고 복잡했겠어요? 그냥 어머니 한분만 진심으로 사랑하는 마음으로 돌봐드릴 수 있어서 참 다행이었어요.'

예전 같으면 말도 안 되는 이 말이 지금 시대에는 상당히 일리 있는 말이 되었다. 많은 여성들이 비혼주의자가 되는 것은 배우자의 부모에게 의무로 해야 하는 효도는 물론이고 사랑하지 않는데 사랑하는 척을 해야 하는 삶을 받아들일 수 없어서라고 덧붙였다.

결혼이라는 것은 정말 용감한 사람이 하는 일이 되어가고 있다. 나 역시 그렇게 생각한다. 피 한 방울 섞이지 않은 사람들과, 시간을 함께 해본 적이 없는 사람들과 하루아침에 가족이 되는 일, 세상에 이것보다 더 도전적이고 용감한 일은 없을 것이다.

왜 지금의 여성들은 이 결혼이라는 도전적이고 용감한 일을 쟁취하고 싶다는 유혹에서 등을 돌리는 것일까? 그 이유는 결혼 말고도 용기를 내서 해야 할 도전이 그들 앞에 지천으로 깔린 세상이 됐기 때문이다. 나만의 일과 수입을 갖고 있는 여성들은 말 그대로 완전한 독립을 이뤘다. 따라서 먹고 살기 위해 결혼이라는 수단을 택하는 일이 오히려 특별한 일이 되어 버렸다.

절이나 성당에 가보면 제일 큰 고민은 지원자들이 줄고 있다는 것이다. 비구니나 수녀 지원자들이 '허걱!'할 정도로 줄어서 가까운 시일에는 이웃나라 미얀마나 필리핀에서 비구니나 수녀 지원자들을 받아야 할 거라고 한 종교인이 말한 바 있다. 줄어들어도 거의 반토막, 심하면 1/4토막만 남았다.

그 이유가 뭘까? 그 옛날 여성이 수도자가 된다는 것은 가족제도라는 여성의 종속적 삶에서 도피하는 수단이 되기도 했다. 완벽하지는 않아도 여성을 억압하는 가족제도에서 벗어날 수 있는 기능이 있었던 것이다.

하지만 요즘은 굳이 그럴 필요가 없다. 세상에는 짜릿하고 재밌는 것들이 많고 여성들이 얼마든지 자신의 삶을 주체적으로 이끌 수 있기 때문이다. 각자도생도 하는 판인데 뭘 못해내겠는가?

이미 결혼은 선택의 문제가 된지 오래다. 이제 결혼이란 제도는 사라지고 있다. 한국사회에서 비혼을 선택하는 것은 여성뿐이 아니다. 남성들 사이에도 비혼주의자가 꽤 있다. 나보다 28년이나 나이가 어린 남사친도 비혼주의자다.

"결혼생활을 감당할 자신이 없어요. 나는 내 개인의 삶에 집중해서 살고 싶어요."

그는 운동마니아다. 근무가 끝나면 피트니스 센터에 가서 뛰고 밀고 당기고 넘으며 하루를 마감한다. 샤워를 하고 난 뒤 노곤한 몸으로 집에 갈 때의 뿌듯함이 좋다고 한다.

오늘 하루 정말 충실하게 보냈다는 충족감이 있다. 그리고 들어가자마자 냉장고에서 500밀리 맥주를 꺼낸다. 그 캔 맥주를 따는 순간의 설렘, 그리고 한 모금의 짜릿함!

"그게 내 삶의 오르가슴이죠."

절대로 양보할 수 없는 양도불가의 즐거움, 행복이다.

"주위 친구들이나 선배들 보면? '우와, 왜 저러고 살지?' 싶어요. 골프연습장에 가서도 휴대폰만 울리면 '그래, 그래, 금방 갈게' 하면서 절절매고 말이죠. 전 절대로 그렇게 살고 싶지 않아요. 게다가 와이프랑 아이들을 먹여 살려야 한다는 책임감까지, 제대로 술은커녕 밥도 못 사요. 전 제가 돈 벌어서 제가 쓰고 살 거예요."

그는 결연한 의지로 말한다. 그뿐 아니다. 그의 어머니도 같은 생각이라고 한다.

"저희 엄마는 군이 손주까지 봐주면서 그렇게 살고 싶지 않대요. 제 결정에 맡긴다고 해요. 그냥 제가 행복하면 되는 거고 여자한테 매어 사는 것 별로라고도 말씀 하세요. 너는 너의 인생을 살면 된다고요."

이렇게 세상은 변화하고 있다. 결혼이라는 제도는 분명 사라지는 과정에 있거나 적어도 혁명적인 변화를 겪고 있는 중이다. 동거나 사실혼도 결혼의 또 다른 형태로서 우리나라에서 서서히 자리잡고 있다.

왜 그럴까? 아마 결혼도 모든 제도와 같기 때문일 거다. 살아남으려면 엄청난 변화가 전제되어야 하는 것이다.

PART 4

진짜와 가짜, ————— 현재를 살아가기

세상에는
무수한 가짜가 있다

세상에는 무수한 가짜가 있다. 오히려 진짜는 드물고 적다. 어쩌면 우리가 비싼 값을 매기는 다이아몬드 역시 '진짜 = 희소가치'라는 공식 때문에 존재하는 것이다. 또 우리가 사는 지금 시대는 원본과 카피가 무의미한 시대이기도 하다. 가령 너도나도 다운받아서 사용하고 있는 그 계약서의 원본은 이미 아무 의미가 없다. 오로지 계약이 성립되었을 때만 구시대의 단어인 원본이란 말을 사용할까 말까다.

하지만 진짜는 분명 있다. 그 숫자가 적을 뿐이다. 진짜 사나이가 있듯이 세상에는 우리가 가려내고 판단해야 할 진짜가 있다. 그리고 진짜들이 세상을 이끌어간다. 만일 진짜가 방기되는 조직이나 그룹이라면 그들 전체가 가짜인 사기성 집단인 경우가 많다.

그래서 진짜를 알아보고 가려내는 안목이 중요하다. 무엇이든지 간에 안목을 갖추고 실용화 내지 상업화하려면 시간과 노력과 돈이 필요하다. 일본의 아주 유명한 골동품점 이야기를 들은 적이 있다. 이른바 시니세(노포)로서 명성을 이어가고 있는 그 가게 주인은 새 직원이 들어오면 오로지 진품만을 만져보게 한다고 한다. 처음부터 진품을 만지고 진품에 익숙해지면 자연스럽게 가짜를 판별해내는 능력을 기를 수 있기 때문이라고 했다.

우리 삶도 마찬가지다. 진짜를 알아볼 힘이 있어야 인생이 순조롭다. 그렇지 않으면 한심하게 사기를 당하거나 인생이 폭망할 수도 있다. 진품명품을 가릴 능력이 있다면 자신의 인생도 진품명품으로 만들 수 있기 때문이다.

물론 그 반대의 경우도 있다. 한 중학교에서 있었던 일이다. 사람도 좋고 착실한 한 교사가 어느 날부터 입이 귀에 걸렸다. "선생님, 무슨 좋은 일 있으세요?" 했더니 이실직고하길 "우리 사돈의 팔촌이 사업을 하는데 사업자금을 빌려주면 3부 이자를 꼬박꼬박 주지 뭐야…" 하면서 차곡차곡 쌓여 있는 이자 입금목록을 보여줬다. 교사의 세계란 세상이 많이 변했다 해도 다른 직군과 비교해봤을 때 서로를 정직하다고 믿는 경향이 강하다. 동료 교사들은 강렬한 유혹을 느낄 수밖에 없었다. 게다가 사립중고교 교사의 연금이 반 토막 된 상황이 아닌가.

"저도 모아둔 돈이 있는데 선생님, 저도 끼워주세요."

"나도 좀. 용돈 벌이가 어디예요, 저도요"

이렇게 해서 모아진 돈이 11억 원에 이르렀다. 모든 사기꾼들의 특징은 처음 두세 달은 꼬박꼬박 제 날짜에 어김없이 이자를 송금한다는 것이다. 그러면 순진한 사람들은 통장에 적힌 이자의 액수를 확인하는 일이 영원히 계속될 것이라고 착각하기 마련이다.

결과는 모든 사기꾼의 행적 그대로였다. 3달 이후 사업이 잘 안 풀린다며 이자가 끊겼다. 고발이나 고소를 하면 원금도 못 받을까 싶어 전전긍긍하는 나날이 계속됐다.

그러나 끝은 빨리 왔다. 그 벤처 투자가인 사돈의 팔촌이 사기횡령으로 구속됐기 때문이다. 얼마 있으면 은퇴를 바라보는, 평생 학교와 아이들밖에 모르고 살아온 교사들은 사기꾼의 쉬운 먹잇감이었던 것이다.

가짜 보석일수록 처음에는 더 반짝인다고 한다. 세상에는 진짜보다 더 진짜 같은 가짜들이 너무 많다. 그러나 그 골동품상 직원처럼 처음부터 진짜만 만지다 보면 묵직한 진짜의 감을 몸으로 익히게 된다. 요염하고 아름답기 그지없는 도자기. 진짜만을 다뤄온 그 직원이 왠지 감이 좋지 않다 했을 때 그건 가짜일 가능성이 크다. 진짜의 느낌을 아는 그에게 가짜는 눈으로, 손끝으로, 무엇보다 감으로 느껴지기 때문이다.

적으면 수천만 원, 많으면 억대의 골동품을 사고파는 명품 가게의 노하우와 우리 삶의 노하우는 어쩌면 크게 다르지 않다. 진짜를 먼저 만져보고 경험하는 것이 좋다. 인생에서 가짜를 가려내는 것도 중요하다. 그렇지만 더 중요한 것은 진짜를 알아보는 일이다. 그러기 위해서는 스스로가 진짜가 되어야 한다.

내 자신을 돌아보라. '내가 세상을 속이는 것은 없나?' 하고 살펴볼 필요가 있다. 나 역시 사회생활을 하며 진짜보다 가짜를 더 많이 보았다. 내가 진절머리를 낸 가짜들은 어설프기 그지없었다(언론계나 교직이나 비슷하다). 그중에서도 가장 용서하기 힘든 가짜질은 바로 능력에 대한 사기였다. 갈고 닦은 능력이 별 볼일 없는데 그 이상을 팔아먹는 이들이 있다. 가진 것이 겨우 50, 60인데 120이나 140이라고 하면서 실력을 파는 이들을 적잖게 보아 왔다.

공직사회도 마찬가지였다. 혹시 내게 그런 구석은 없나? 가슴에 손을 얹고 일찌감치 점검하는 것이 현명하다. 영어는 구멍이 숭숭 뚫려 있는 실력인데 혀를 굴리거나 어깨를 들썩이며 검지와 중지를 까딱이는 서양식 제스처를 하는 것도 당연히 사기꾼이다.

"나란 인간한테는 혹시 사기성이 없나?" 하고 되돌아보면서 사는 것. 남한테 속고 싶지 않으면 나부터 누군가를 속이지 않으면 된다. 물론 가장 중요한 것은 나 자신부터 속이지 않는 것이다.

열정이
최고 조건이다

유튜브 방송을 시작했다. 시작하면서 아주 많이 고민했다. 생각하고 또 생각을 거듭하는 일은 사실 진이 빠지는 일이다.

그 당시 상황이 좀 힘들었다. 방송 프로그램을 하나 하고 있었을 때였다. 아주 오래된 첫사랑을 만나 불꽃 튀기는 감정을 느끼듯 그때 나는 방송에 대한 열정을 '뿜뿜' 하고 있었다.

그런데 문제는 새로 바뀐 MC와 패널이었다. 한마디로 MC는 대놓고 편향적이었고 새 패널은 정치적 입지를 다지기 위한 충견처럼 굴었다. 아니, 그러다 광견병이라도 걸린 것처럼 굴었다. 보수와 진보가 어우러지는 방송은 이미 물 건너갔다. 이렇게 새 팀과 방송을 하고 나니 다음번 방송이 악몽처럼 느껴졌다.

모처럼 불붙은 방송에 대한 애정과 프로그램에 대한 책임

감만으로 계속하는 건 의미가 없었다. 마치 애정 없는 결혼생활을 유지하는 것과 같았다. 나는 겉과 다른 이중생활이 불가능한 사람이었다.

결정까지는 쉽지 않았다. 내가 그 프로그램을 그만둬야 하는 이유와 계속해야 할 이유를 적어봤다. 그만둬야 할 이유에는 주르륵 글이 달렸다.

그러나 계속해야 하는 이유는 딱 두 가지였다. 솔직히 말하겠다. 한 가지 이유는 출연료, 돈이었다. 매우 중요한 이유였다. 나는 돈을 좋아했고 돈 문제에 늘 정직했다. 돈을 돌처럼 보는 사람들의 위선과 무능을 나는 싫어했다.

"돈을 포기해야 하는 거지?"

맞았다. 나는 돈을 쓰기 좋아하는 사람이고 돈을 제대로 쓸 줄도 아는 사람이다. 그렇지만 이유가 "오로지 돈 때문이라면?" 이 질문 때문에 나는 쉽게 결정할 수 있었다. 돈 때문에 방송을 할 수 없는 것 아닌가? 인간이 섹스를 하는 이유가 수십 가지 있듯이 방송도 마찬가지다. 사명감 때문이거나 방송이 지닌 영향력 때문이거나 방송 자체가 좋기 때문이기도 하다. 하지만 내가 돈을 받으려고 섹스를 한 적이 없듯이 방송도 마찬가지라는 결론을 얻었다.

그리고 하차를 통보했다. 물론 프로그램 초기부터 함께 했던 스태프들에게는 미안했다. 정도 들었고 그들을 힘들게 할 것이므로. 결방 덕분에 2주라는 간격이 있어 다행이기는 했다.

그리고 또 다른 이유는 나는 방송을 스스로 그만 둔다는 걸 용납하지 않는 종류의 사람이기 때문이다. 스스로 그만둔다는 것은 프로답지 않다고 생각했다. 프로는 프리랜서다. 방송으로 먹고 사는 프리랜서는 정착민이 아니라 하늘을 나는 새이자 떠돌이 집시였다. 내가 프로 방송인이라면 그만 두는 이유가 자진하차가 아니라 잘려야 마땅했다.

방송은 트렌드와 시청률에 집착한다. 예전에 KBS를 그만 두고 몇 년 동안 프리랜서로 일했다. 아주 신나게 일했다. 내기질에 프리랜서로 일하는 것은 아주 잘 맞았다. 프리랜서는 말하자면 "우리에게는 내일이 없다"이다. 언제 어떻게 될지 모르는 것이 프리랜서의 운명이다. 나는 그 점이 아주 좋았다. 지금 바로 이 순간을 확실히 불살라 버리는 것이기 때문이다. 게다가 프리랜서 방송인은 잔업이나 야근도 일요 근무도 할 필요가 없다. 내 마음대로 쓸 수 있는 무한한 시간을 소유한 입장이니 말이다.

그러므로 항상 "오늘까지예요", "내일부터는 안 나와도 돼요"라는 말에 익숙해져야 했다. 이것이 대개 프리랜서일 수밖에 없는 프로페셔널의 운명이기도 했다. 프리랜서로 일할 때는 방송국 개편 때마다 당연히 예민해지곤 했다. 나도 사람이니까.

"이번에 편성본부장이 확 뒤집어 놓겠다고 했대요. 우리 프로랑 다른 프로 몇 개를 별로 마음에 들어 하지 않았다던데. 우리 프로 죽으면 어떡해요?"

서브작가의 불안한 눈빛에 나도 흔들리기는 했다. 그녀나 나나 신분으로 치자면 단기 알바에 불과하다. 그럴 때면 선택받는 직업이 지닌 한계를 느끼곤 했다. 철저한 을의 신분이기 때문이다. 하지만 한편으로는 그 을의 신분을 즐겼다. 어쨌든 자유롭기 때문이다. 나를 선택하는 권한을 가진 사람들에게 나는 을에 불과했겠지만 실속은 을인 내가 확실히 챙겼으니까.

나는 그 방송국 직원도 해봤고 프리랜서 방송인도 해본 사람이다. 하루 종일 일하고 직장에 매인 직원들과 달리 방송시간 외에 나의 모든 시간은 자유였다. 내 마음대로 시간을 쓸 수 있다는 것은 최고의 사치였고 기쁨이었다. 시간이 주는 자유를 흠뻑 즐기는 건 물론이고 몇 시간 일하면서 꽤 많은 돈을 출연료로 받았다. 그때 깨달았다. 세상에 공짜는 없고, 거저 얻을 수 없다는 것을.

따라서 때맞춰 오는 개편 때마다 모든 것을 감수하는 것은 당연하다고 생각했다. 한방에 날아가는 것까지도. 선택을 받아야 하는 일이었다. 대신 상품가치를 한껏 올리기 위해 열심히 뼈 빠지게 노력할 수밖에 없었다. 하늘을 나는 새가 한시도 날갯짓을 하지 않을 수 없는 것처럼 나는 필사적으로 하루하루를 살았다.

그러므로 자진하차하는 것은 내 사전에는 안 될 일이었다. 뭔가 현실도피적이고 도망가는 것 같기도 했다. 또한 늘 정면 돌파하며 살아온 내 방식에 크게 어긋나는 것이었다. 프로답지 않다는 점에서 썩 내키지 않았다.

그렇지만 열정이 사그라들었는데 돈 때문에 프로 정신 때문에 계속 방송을 할 수는 없었다. 돈도 중요하고 프로 정신도 중요했다. 하지만 그게 전부는 아니었다. 또한 생각해보니 그만 두나 잘리나 정작 시청자들에게는 별 차이 없이 그냥 그게 그것일 것이 분명했다.

어떤 사람을 만나러 가는데 설레지 않는다면 그 사람을 사랑하지 않는 것이다. 어떤 일을 하는데 열정이 솟아나지 않는다면 그 일을 과감히 내려놓는 것이 좋다. 돈도 알량한 자존심이나 자신만의 규칙도 굳이 생각할 필요가 없다. 사람을 만날 때는 설렘이, 일을 할 때는 열정이 최고의 조건이기 때문이다.

맨땅에
헤딩하기

"요즘 뭐해요?"

"맨땅에 헤딩하고 있어요."

"???"

묻는 이는 당황스러워 한다. 그러나 그렇게 답한 나는 그런 상황이 재미있다. 그리고 맨땅에 헤딩하는 것은 사실이다. 종편 프로그램을 그만두고 나는 유튜브 방송을 시작했다. 과연 어디서 어떻게 시작해야 할까? 막막했다. 한강모래사장에서 바늘 한 개 찾기와 같았다. 또한 한강의 모래처럼 무한한 수를 자랑하는 수많은 유튜브 방송에서 존재를 증명하는 일이 과연 가능할까? 싶기도 했다.

그렇지만 다행히 선택의 여지가 없었다. 할 것인가 말 것인가? 죽느냐 사느냐? 선택의 기회가 나에게는 없었다. 선택지가 있다는 것은 다행스러운 일이고 더 나가면 사치스러운 일이다. 내가 뜻한 바를 위해 할 수 있는 일이라고는 무조건 "가즈아, 홧팅!" 하는 거였다.

내 인생에서 아무것도 없이 시작한 일은 이미 몇 차례 있었다. 하지만 평범한 가정에서 태어나 학교를 졸업하고 기자가 되었던 지난 삶을 복기해보니 그래도 맨손은 아니었다. 적어도 이력서 한 장은 쥐고 있었고 내가 일하러 갈 공간은 있었다.

내가 맨손을 실감한 것은 국회의원을 그만둔 이후였다. 일본에서는 이런 우스갯소리가 있다. "원숭이는 나무에서 떨어져도 원숭이지만 국회의원이 선거에서 떨어지면 더 이상 사람이 아니다"라는 말. 사실이 그랬다.

이것도 해보고 저것도 해본 인생이었다. 인생의 굴곡이나 브레이크를 쿨하고 자연스럽게 받아들여 왔다. 국회의원 생활을 청산하고 비로소 권력이라는 끝나지 않은 전쟁을 휴전 상태로 만들 수 있었다. 한 번도 일을 쉰 적이 없던 내가 무직상태로 4년을 보냈다.

내 스스로 종전 선언을 할 생각은 추호도 없었다. 다시 새로운 전쟁을 준비해야 한다고 생각하면서 예비군 상태로 보낸 4년이었다(정치판에서 새로운 전쟁을 준비하는 건 절대 아니니 오해하지 말기 바란다). 그런 점에서 방송은 내가 새롭게 시작하고자 한

새 전쟁터였다. 물자도 풍부하고 인력도 풍부한 군대를 스스로 걸어 나와 감히 빗대기는 황송하나 의병이라도 된 기분으로 새 생활을 시작했다.

다행히 후배가 사무실을 빌려줬고 간이 스튜디오를 차려줬다(그는 전생에 내가 충성을 다 바쳐 모신 도련님이 분명하다). 단 한 명이라도 나의 외침을 들어줬으면 좋겠다는 심정으로 유튜브 개인 방송을 시작했다. 일주일에 세 번 방송 간이스튜디오가 차려진 오피스텔로 출근한다.

그날 방송할 아이템을 이틀에 걸쳐 고민하고 추려낸다. 그리고 그 아이템을 뒷받침할 자료를 찾고 다듬는다. 유튜브는 구독자 수가 중요하다. 처음 방송을 시작할 때는 구독자 수가 제자리걸음이었다. 하루에 3명, 5명 정도 늘어난 게 전부였다. 맥이 탁 풀리기도 하고 기운이 빠지기도 했다. 하지만 나에게 선택지는 없었다. 오로지 열심히 하는 것밖에는 선택할 게 없었다. 그렇게 하다 보니 한 달쯤 지나자 쑥쑥 크기 시작했다. 충성도가 있는 구독자들도 늘기 시작했다. 라이브를 할 때는 제법 열기가 후끈 달아오르기도 했다.

작은 성취였지만 매우 의미 있는 진전이었다. 말 그대로 '맨땅에 헤딩하기'의 착실한 결과였다. 나는 행운을 좋아하지 않는다. 복권도 사지 않는다. 어느 날 갑자기 오는 행운이 나는 버겁고 때로는 무섭다. 내 인생에서 행운이라고 생각했던 몇 차례의 사건은 모두 그 값을 복리 이자까지 톡톡히 쳐서 받아갔기 때문이다.

맨땅에서 헤딩하면서 하루하루 야무지게 불어나는 구독자 수를 보면서 나는 잔잔한 기쁨을 느꼈다. 내게 스튜디오를 제공해준 은인이었던 후배는 넌지시 말했다.

"선배, 예전처럼 생각하지 말고 이렇게 조금씩 불어나는 것도 나름 의미 있다 생각하세요."

나는 웃었다.

"내가 뭘 그렇게 대단한 리즈 시절을 누렸다고? 맨땅에 헤딩한 결과라서 너무 특별한 걸."

우리는 서로를 바라보며 따뜻한 신뢰를 교환했다. 주먹 쥐고 더 열심히 하겠다고 결심하면서.

내가 멘토처럼 여기는 분은 외국에 살고 있다. 그는 일 년에 한두 차례 한국에 들른다. 늘 나를 염려하나 크게 내색을 하지 않는다. 어떻게 지내냐고 물었을 때 말했다. "맨땅에 헤딩하고 있다"라고. 첫 대화였다.

그는 잠시 놀라더니 예의 그 담담한 미소를 지으면 말했다.

"못할 일이 없겠네요."

"???"

214

이번에는 내가 좀 놀랐다. 왜냐고 물었다.

"맨손으로 시작해 맨땅에 헤딩한 사람은 무슨 일이든지 할수 있어요. 바닥을 친 물고기는 온힘을 다해서 파닥거리지요. 그래서 바닥에 패대기쳐친 물고기 가운데는 온전히 자신의 힘으로 스스로 바다로 뛰어드는 경우도 많대요."

나는 위로받고 기운을 얻었다.

"그러니까 전여옥 씨는 이제 진짜 바다로, 태평양으로 뛰어들 거예요. 패대기쳐진 물고기니까요."

그의 예감이 옳기를 바란다. 아니 그렇게 만들 생각이다.

포기가 아닌
선택을!

연예인들의 일상을 훔쳐보는 리얼리티쇼. 하지만 어떤 명작에서도 얻지 못할 것을 얻기도 한다. 오랜만에 TV에서 원조 베이글녀라는 이제니 씨를 봤다.

내게는 귀여운 인상의 아이돌, 그러나 어느 날 사라져버린 연기자였다. 그녀는 왜 연예계를 떠났을까? 돈과 꿈과 셀러브리티가 있는 신흥 상류사회에서. 이제 40이라는 그녀가 말했다.

"그때 이쪽에 오면 저쪽 사람들을 다 욕했어요. '나쁜 사람들이구나' 하고 믿고 있다가 저쪽으로 가면 이쪽에 있던 팀의 한 명이 와서 저쪽 사람들을 욕하더라고요. 그땐 이런 거에 충격을 많이 받았던 것 같아요."

평범한 우리 일상에서도 심심치 않게 일어나는 일, 지겨운 뒷담화. 이제니 씨는 덧붙였다.

"연기는 하고 싶은데 연기를 하려고 이 큰 과정들을 모두 거쳐야 하는 게 힘들었어요. 그 당시에는 연예계 생활이 저랑 많이 안 맞았던 것 같아요"

그녀의 이야기를 못 알아들을 사람이 있을까? 정상까지 오르지 않더라도 구질구질한 일을 겪고 때로는 내 자신의 영혼을 팔아야 한다. 연예계뿐 아니다. 내가 겪었던 방송, 정치판도 마찬가지였다. 연예나 예술계는 그보다 더하다는 것은 미뤄 짐작할 수 있다. 지금 이제니 씨는 재택 웹디자이너로 살고 있다. 화려한 연예계를 등지고. 그러면서 솔직히 털어놓았다.

"나는 포기한 거예요…"

그녀의 포기했다는 말을 듣고 곰곰이 생각해봤다. 세상을 살다보면 치사하고 더럽고 추악한 일을 거쳐야 한다. 대통령이 되는 과정도 그렇다. 연예계의 스타가 되는 과정도 그러하다. 작은 중소기업의 대리 자리를 차지하는 과정도 그렇다.

오로지 정도의 차이만 있을 뿐이다. 그러므로 눈 딱 감고 영혼도 팔고, 자존심도 팔고, 그들이 원하는 것은 모조리 팔아야 할까? 정도의 차이일 뿐이니까 절대로 이제니 씨처럼 중도에 포기해서는 안 되는 걸까?

그렇지 않다. '정도의 차이'라는 것은 매우 중요하다. 나는 이제니 씨가 바로 그 정도의 차이를 중요하게 여겼을 거라고 생각한다. 스스로 여기까지라고 선을 그었고 그 선을 넘었을 때 그녀는 그만두었다. 나는 포기가 아니라 한 인간으로서의 자긍심과 자존심을 지켰다고 생각한다.

일을 할 때도 예외는 아니다. 세상을 살며 가장 중요한 것은 딱 하나다. 나를 사랑하는 것, 나를 보호하는 것, 나를 소중히 여기는 것이다. 인생이란 먼지도 뒤집어 쓸 수 있다. 질투하는 사람들의 날 선 뒷담화도 들을 수 있다. 하지만 분명한 선은 있다.

진흙탕 속에서 나를 굴려서 잔인하고 사악한 사람들의 뒷담화를 견디면서까지 얻을 소중한 것은 이 세상에 없다. 내 자신을 망가뜨려가면서까지 나의 존재를 부인하면서까지 말이다.

그런 점에서 이제니 씨는 포기한 것이 아니다. 사려 깊게 선택한 것이다. 정치라는 진흙탕 속에서 사악한 사람들 속에서 나 역시 정치를 포기한 것이 아니었다. 나를 지키기 위한 선택을 했을 뿐이다.

한 여자가
있었다

한 여자가 있었다. 날씬하고 예뻤다. 그녀가 길을 지나가면 모든 남자들은 휘파람을 불었다. 그녀의 미모를 보고 결혼한 남편은 부유했다. 필라테스와 명품으로 그리고 피부과 시술까지 다 해줬다.

"당신은 내가 처음 봤을 때와 똑같아."

그녀가 사는 아파트의 경비원, 자주 들르는 식당, 잔뜩 꾸미고 가는 커피숍. 물론 단골 피부과의 상담실장까지 그녀의 아름다움에 놀랐다.

"어쩌면 나이를 거꾸로 드시나 봐요."

그들은 방부제 미모라고 늘 말했다.

그러던 어느 날 가끔 찾아가는 박물관에 들렀다. 방부제 두뇌도 세트로 원했기 때문이다. 주말인 그날은 알바 대학생이

표를 팔고 있었다. 평소 그녀를 맞아주던 그리고 "참 아름다우세요" 하고 말을 건네던 매표원이 아니었다. 알바 대학생은 그녀를 쓱 스캔한 뒤 말했다.

"경로 할인 해드려요?"

"!!!"

그녀는 할 말을 잃었다. 경.로.할.인. 이라고? 엄청난 충격에 그녀는 심호흡을 크게 했다. 그리고 자신에게 물었다.

'나 몇 살이지?'

'65살! 몰랐어?'

'아, 그렇구나!'

그녀는 호흡을 가다듬으며 그 알바청년에게 말했다.

"경로할인 부탁해요."

이 실화는 한 책에서 읽은 미국 여성의 이야기다. 그러나 우리 삶에서 충분히 일어날 수 있는 것이다. 나 역시 나이라는 나의 역사를 늘 자랑스러워 하자고 다짐했다. 그럼에도 불구하고 "어머! 진짜? 정말 젊어 보여요" 하면 기분이 좋았다. 그러나 기분이 업된 것은 잠시, 나이가 들고 있는 나의 현실을 아직도 자각하지 못하는 건 아닐까 염려도 됐다.

올해 나는 만 60이 되었다. 파란만장한 삶 속에서 앞만 보고 살아왔다. 하지만 60세 생일이 된 날, 내 삶을 되돌아봤다.

순간 나도 모르게 잔잔하게 미소를 지었다.

'너 참 열심히 살았어. 정직했고 노력했고 성실했어.'

나는 나의 삶이 참 마음에 들었다. 물론 완벽하지는 않았다. 절대로. 하지만 성장하기 위해 노력했고 나름 힘이 닿는 한 최선을 다해 노력한 삶이었다. 나에게 뒤를 돌아본다는 것은 매우 드문 일이었다. 인생 자체가 매 순간 순간 롤러코스터를 타는 것 같았다. 놀이공원에서 롤러코스터를 탄다면 짜릿하고 재미있겠지만 인생이라는 테마파크에서는 쓰라림도 눈물도 좌절의 순간도 감수해야 하는 것이다.

'다시 되돌아간다면 어떨까?'

제법 진지하게 이 어리석은 질문을 해보니 이미 답은 나와 있었다. 아마도 아니 확실히 똑같은 선택을 했을 것이다. 물론 사생활의 사사로운 선택이나 결정은 달라졌을 테지만. 이 사회에서 일하면서 내가 했을 매순간의 선택은 지금과 같았을 것이다.

무엇보다 나를 기쁘게 한 것은 인복이 있다는 점이었다. 점술가들이 용하다는 말을 듣는 경우는 단 하나라고 한다. "정말 인복이 없으시네요"라는 말. 그런 점에서 나는 복 있는 인생이라는 생각을 한다.

나 또한 상처를 받기도 하고 몇 명의 인간으로부터는 평생

잊을 수 없는 쓰라림과 절망을 맛봤다. 그러나 총체적인 계산을 해보니 축복받은 인생이었다. 많은 이들이 내게 호감을 표시했고 격려를 해줬다. 오히려 내가 해준 것보다도 더 많은 것을 과분하게 받았다. 가끔은 '왜 나에게 이렇게 잘 해줄까?' 하고 되물었던 순간도 적지 않았다.

인간관계에 있어서 깊이도 마찬가지였다. 파란만장한 삶 속에서 때로는 사람들의 손가락질도 받았고 보통 사람들이라면 감내할 수 없는 비난도 받아야 했다. 그렇지만 그 순간에도 나에게 변함없는 신뢰와 격려를 해준 이들이 있었다.

그 가운데 한 사람은 국회에서 같이 일했던 방 식구, 보좌관이었던 친구다. 정치를 그만뒀을 때 나는 큰 강물에 노 하나 없이 떠내려가는 쪽배 같은 느낌이 들었다. 골리앗과 싸웠던 다윗은 용감한 사람이 되었지만 박근혜라는 미래 대통령에 반기를 들었던 나는 어리석고 실패한 정치인이었다.

의원회관의 방을 비우고 몇 달 뒤, 전에 함께 일했던 친구를 만났다. 그는 나와 한 2년 정도 함께 일했다. 식사를 하자는 그의 제의에 '내가 불쌍해 보이나 보지?' 하는 심정으로 나갔다.

그는 평소 말이 많지 않았다. 그와는 일종의 케미가 맞았는지 함께 일하는 동안 지역구의 임파서블 미션이 달성되는 작은 기적이 있었다. 고마운 친구였다. 원래 씩씩한 사람이지만 그날은 더 씩씩한 척을 하려고 노력했다. 작고 정갈한 밥집에서 우리는 맛있는 식사와 소주를 나눠 마셨다.

"고마워요."

잘 나갈 때는 정말 적잖은 이들이 내게 비싼 식사와 감미로운 와인을 사주려고 했다. 그들을 바라보며 저 사람들은 그저 스치는 사람들일 뿐이란 점을 늘 머릿속에 상기시켰다. 그래서 잘 나가기는커녕 남들이 폭망이라고 하는 순간을 덤덤하게 잘 견뎠는지 모른다. 진심이 아닌 이들에게 지나친 기대를 하는 것은 어리석은 일이니까 말이다. 그 친구는 빙긋이 웃었다. 나의 진심을, 약간은 불우해(?) 보이는 나의 처지를 누구보다 잘 알고 있었다.

"저는 함께 보좌관으로 일했던 것을 자랑스럽게 생각합니다. 지금도 그리고 앞으로도요."

이런 말을 들었을 때 '심쿵!'이란 단어가 딱 맞는다. 굳이 감동했다거나 등의 말을 하는 것은 내 스타일이 아니다. 말없이 고개를 끄덕였다. 이걸로 충분했다.

가끔은 깊이 있는 인간관계에서 언어가 실종되는 순간이 있다. 최고의 감동, 울림이 있을 때는 굳이 말하지 않아도 된다. 인간만이 갖고 있다는 언어의 쓰임에 기대지 않아도 된다.

연예인들이 왜 자살을 할까? 그렇게 사랑받는데, 매력자본 시대에 재벌급 외모를 지녔는데, 왜 그럴까? 아마도 나를 모르는 이들의 사랑을 받았기 때문일 것이다. 연예인들의 검은 마스크와 칭칭 동여맨 머플러를 보면 가슴이 아프다. 대중의 시선이 귀찮다기보다는 잘 모르기 때문에 나를 사랑하는 이들에게 진짜 나를 드러내지 않기 위한 도피처럼 보이기 때문이다.

정치를 했던 나도 마찬가지였다. 무수한 사람의 손을 잡고 환호에 손을 흔들었지만 그것이 전부였다. 진지하게 나라는 정치인이 어떤 가치와 생각을 갖고 있는지를 알고자 하는 사람은 그야말로 하늘의 별 따기였다.

그는 알고 있었다. 그래서 더욱 기뻤다. 그를 떠올리며 나는 60살의 나를 완성했다. 다짐하듯 적어본다. 잘 살았고 더욱 더 잘 살아갈 것이다. 씩씩한 기운을 주변에 퍼뜨릴 것이다. 못 말리는 호기심을 충족시키는 삶을 살아갈 것이다. 인생의 매 순간순간 용기 있는 결정을 할 것이다. 나보다 나이 어린 이들에게 만나고 싶고 의논하고 싶은 사람이 될 것이다. 강인한 의지로 자신을 사랑하고 격려하는 사람이 될 것이다. 밝고 화사한 표정으로 어떤 절망에도 일어서는 사람이 될 것이다.

무엇보다 '60 플러스 알파'라는 내 나이에 자부심을 갖는 사람이 될 것이다. 무엇보다 아주 오래오래 건강하게 살고 싶다.

해피투게더

"어?"

낯선 주소였다.

"혹시?"

내가 잘 아는 그 드라마 작가의 이름이었다. 서둘러 뜯어보니 맞았다. 드라마 작가로서 첫 책을 냈다며 보내준 것이었다. 마치 따뜻한 물이 가득한 욕조에 들어갔을 때 느낌, 감사한 마음으로 읽었다.

그녀는 나의 30대 후반에 일탈의 상상을 도와줬다. 어느 날 우연히 멋지고 돈 많고 따뜻한 남자와 만난다. 그 남자는 첫눈에 내게 반해서 무한대의 사랑을 주며 헌신한다. 그러나 주변 환경은 허락하지 않고…

여기까지라도 좋았다. 거의 99% 드라마와는 반대로 펼쳐지는 현실에 체념하고 있을 때 그녀의 드라마가 한 잔의 맥주와 더불어 내 마음속에 불을 질렀다. 일종의 가상체험이라고나 할까? 어쨌든 그녀 덕분에 파란만장한 내 삶에서 안전장치를 가질 수 있었다.

'저건 드라마야.'

드라마를 알기 때문에 현실을 더 자각할 수 있었다. 밤 12시면 재투성이 아가씨로 돌아가는 현실, 아줌마의 현실을 리얼하게 깨달을 수 있었다. 한 차례 행사에서 그녀를 본 적이 있었다. 그런데 마음을 열기엔 시간이 없었다.

나는 책을 펼친 뒤 단숨에 읽었다. 드라마 작가이기에 대사치듯 써내려간 글에는 시청률 전쟁 속에서도 시청자들을 잡아놓은 저력이 드러났다. 그녀는 여전히 사랑과 남자를 이야기했다. 하지만 이제 연륜과 경험을 통해 자기 자신에게 집중하고 있었다. 씩 웃으면서 마지막 페이지를 닫았다. 고마웠다.

그녀가 나에게 준 두어 시간의 독서. 그 시간 안에 책이 주는 최대의 효용치를 끌어냈다. 감사의 문자와 통화를 했다. 당연히 만나기로 했다.

"혼자서 영화를 보는 극장 지하에 탄탄면을 잘하는 중국집이 있어요."

단 한 줄의 문장이 많은 것을 드러내고 있었다.

혼영? 탄탄면?

아주 재미있는 여자라는 느낌이 확 왔다.

'그러면 만나야지, 꼭!'

나이가 들면 뇌에 자극을 주지 않는 사람을 굳이 만나지 않는다. 좋은 사람, 보고 싶은 사람만 만난다. 여행을 자주 가는 이유와 같다.

왜 여행을 가면 하루가 일주일 같을까? 심리학자나 의학자들은 똑같이 이야기한다. 낯선 환경에서는 새로운 것에 뇌가 반응하고 뇌 속 카메라 셔터를 미친 듯이 누른다는 것이다. 따라서 뇌는 열심히 일하고 우리는 하루가 꽉 찬 듯한 느낌을 받는다. 그날이 그날이면 뇌는 셔터를 누르지 않는다.

'뭐, 다 본 건데, 다 아는 건데…'

이러면서 우리 뇌는 일하지 않는다. 그래서 사람을 만날 때도 뇌를 움직이게 하는 사람이 좋다. 꼭 처음 만나는 사람이 아니라도 끝없이 나를 자극하고 셔터를 누르게 만드는 사람을 만나고 싶다. 심장이 쿵 하고 내려앉게 하는 사람도 좋지만 그런 충격을 수동적으로 받기보다 카메라 셔터를 직접 누르게 할 수 있는 사람이 좋다.

유튜브 방송을 끝내고 허겁지겁 달려갔다. 2인석에 앉은 그녀는 환한 얼굴로 손을 흔들었다. 그녀는 짬뽕, 나는 잡채

밥, 물만두도 한 접시 시켰다. 우리는 서로 경쟁하듯 이야기하고, 열정적으로 들었다.

드라마 작가라는 직업에 대해 묻고 그녀는 답했다. 흥미로웠다. 이야기는 한 송이 화려한 꽃처럼 피어올랐다. 터치패드를 마구 만지는 어린아이처럼 나는 이것저것 마구 물었다. 절필했다는 유명했던 드라마 작가 이야기가 나왔다. 시청률은 엄청나지만 나는 그녀의 드라마가 좀 황당하다고 생각했다. 귀신도 나오고 눈에서 레이저도 뿜어대고 말이다(물론 정치권에 들어와 진짜 레이저를 뿜는 인간 몇몇을 보기는 했다).

그래도 그녀는 좋은 점이 많은 작가였다. 자신에게 고마워하는 배우들한테 일절 선물도 받지 않고 참 깔끔하게 처신했다는 이야기를 들었다. 또한 신인배우도 과감하게 기용하는 작가로 알려져 있었다. 타인에게 기회를 주는 것만큼 멋진 일은 없다.

"그럼요. 그 친구 아주 훌륭한 작가예요. 대사 정말 잘 쳐요. 생활 속에서 핀셋처럼 끄집어내는 능력이 아주 탁월해요."

같은 업종에 있는 이를 진심으로 칭찬하는 사람을 난 좋게 평가한다. 그녀의 손은 유난히 작았다. 내 손도 참 작지만. 관상을 좀 보는 내 경험에 따르면 손이 작은 사람들은 반대로 통이 컸다.

"그 친구는 드라마 종방연에도 안 와요. 대신 드라마 쓰는 데 도움을 준 평범한 지인들을 불러 호텔에서 근사하게 대접해요. 멋있죠?"

"네, 진짜! 오, 그런 면이 있었군요."

그녀는 내가 동의하고 감탄할 때마다 까르르 10대 소녀처럼 웃었다. 탁월한 공감능력, 뛰어난 리액션이었다. 그녀가 유명한 드라마 작가가 된 데는 다 이유가 있었다.

"무엇보다 제작자들한테 인기가 있었어요. 그냥 회당 출연료가 만만치 않은 중견급 연기자들 팍팍 죽여주거든요. 3회만 나오면 충분한데 할 수 없이 10회까지, 거실에서 '오냐, 너 왔냐?' 이렇게 한마디만 해도 출연료가 나가는데 제작자들 마음이 어떻겠어요? 그 친구는 팍팍 실종 상황을 만들거나 병사나 급사를 시키니까…"

이쯤 되면 그녀의 치명적인 유머가 깃든 중계에 홀딱 빠져버린다. 그러나 그것뿐 아니다. 그 드라마 작가의 삶을 이야기했다. 듣고 보니 고개를 끄덕이게 됐다. 열심히 살았고 자기 일에 충실했다. 최선을 다해서 그녀 식의 드라마를 썼다. 대중은 그녀의 드라마를 탐욕스럽게 소비했다. 그렇다면 그녀의 드라마를 둘러싼 논란은 이미 대중의 몫이다.

그녀의 눈은 반짝였고 대화 속에 웃음소리가 늘 끼어 있었다. 밝고 화사하고 엄청난 낙천주의자였다.

"책 한 권을 써보니 정말 놀랐어요. 저자가 인세로 갖고 가는 것이 10%, 그러니까 1달러밖에 안 되는 거예요. 드라마 쓴 나로서는 충격이었어요."

책만 쓴 나로서는 평생 경험한 현실이었다.

"1달러밖에 안 돼요."

쓸쓸하게 웃었다. "4딸라만 되도 좋겠어요."

"사람들이 정말 책을 읽지 않는 세상, 결국 말이 글이 되어야 힘이 있는 건데 말이죠. 저는 인간이 점점 퇴화되어 간다는 생각이 들어요."

폼 좀 잡으며 철학적인 고민을 하는 내게 그녀가 말했다.

"돈이 안 되는 일은 하기 싫어요."

그리고 호호호, 밝게 웃었다.

"네, 저도 그래요."

우리는 함께 비참한 현실을 환한 웃음으로 날려 버렸다. 그녀는 꿈이 있다. 멋진 시나리오를 써서 칸느의 레드카펫을 밟는 것이다.

"충분히 가능할 거예요."

나는 지금도 꿈은 이루어진다는 말을 금과옥조로 여기는 사람이다. 그런데 똑같은 종류의 사람을 만난 것이다.

"저도 사실 드라마 대본 참 써보고 싶었거든요. 자신 있는데. 특히 로맨스는요."

"원래 연애를 많이 안 해본 사람이 로맨스를 잘 써요."

아픈 곳을 찌르는 옳은 말이다. 우리는 의기투합했다. 자본주의 시대에 경쟁이 치열한 드라마와 영화에 아무나 참여할 수는 없다. 그리고 나는 물론이고 그녀에게도 기회가 오지 않을 수 있다.

"미래를 기다릴 것이 아니라 미래는 만드는 것이죠."

몇 년 전 두바이를 갔을 때 그 표어를 봤다.

"우리는 미래를 기다리지 않는다. 미래를 만든다."

나는 유망한 신인만화 작가를 고용해서 웹툰을 만들면 어떻겠냐고 제의했다. 평소 늘 생각한 방법이었다.

"어마, 세상에! 너무 좋은 아이디어예요!"

그녀는 감격했다. 그리고 나는 감동했다. 그녀의 공감능력에 말이다. 열정적인 만남을 끝내고 집으로 돌아오며 그녀의 힘을 생각했다. 바로 타인에 대한 발군의 공감능력이었다. 며칠 뒤 그녀에게서 문자가 왔다.

"우리가 만들 웹툰의 제목이 떠올랐어요. 해피투게더!"

진정 사랑스러운 유혹이다. 나는 이 유혹에 적극적으로 반응하기로 했다.

킬러 무수리

"그는 나를 킬러라고 불렀어요."

트럼프가 킬러라고 부른 여자는 바바라 레스다. 그녀는 트럼프의 건설회사인 트럼프 오가니제이션의 부사장이었다. 바로 그 유명한 1980년 트럼프 타워를 지을 때 전체 업무를 총괄했던 실세 부사장이었다. 게다가 그때 그녀는 31살이었다.

지금도 그렇지만 건설업계는 남자들의 세계다. 그런 곳에 새파란(?) 31살의 젊은 여성이 임명된 것을 보면 트럼프는 반페미는 절대 아닌 듯하다. 오로지 실력만으로 그녀를 발탁한 것이었다.

"남자가 여자보다 낫지만, 훌륭한 여자는 남자 열 명보다 낫다"고도 말했다 한다. 그 바바라 레스를 트럼프는 킬러라고 불렀다.

"트럼프 아버지가 트럼프를 킬러라고 불렀대요."

킬러는 킬러를 알아본 셈이었다. 2013년 그녀는 자서전을 썼다.

"지금까지 내가 일해 본 상사 가운데 가장 성차별을 하지 않았던 사람이었죠. 트럼프는."

트럼프를 다룬 한 다큐에 나온 이야기다. 결론적으로 트럼 프는 데이트할 여자와 일할 여자를 엄격히 구분했다고 볼 수 있다.

트럼프와는 철천지원수 사이인 뉴욕타임스, 그런데 뉴욕타임스는 묘하게도 그의 진가(?)를 가장 먼저 알아본 매체라는 말이 있다. 1976년도 뉴욕타임스는 이렇게 그를 묘사했다.

"도널드 트럼프는 키가 크고 날씬하고 금발, 빛나는 하얀 치아를 갖고 있다. 로버트 레드포드와 매우 닮았다. 운전기사가 모는 은색 캐딜락에는 DJT라는 이니셜이 번호판으로 붙어 있다. (미국은 돈만 내면 가능) 그는 이 차를 타고서 날씬한 모델들과 데이트를 하며 고급 사교클럽에 간다. 30살밖에 안 되지만 트럼프의 재산은 2억 달러(2천 2백억 원)나 된다."

연애는 모델들과 하고 일은 킬러와 하는 셈이다. 나도 도널드 트럼프 같은 상사와 일한 적이 있다. 그 역시 바람둥이로 소문이 꽤 자자했다. 하지만 그는 첫눈에 내가 킬러급 무수리라는 것을 알아봤다. 그리고 가끔 나를 킬러가 아닌 몬스터라고 부르기도 했다.

"전여옥 씨는 한번 하려고 맘먹으면 끝까지 해내니까. 올킬 몬스터야."

그는 감탄했고 나는 만족했다. 나는 베이비나 예쁜이로 불리기보다는 킬러나 몬스터로 불리는 것이 더 좋은 사람이었으므로.

나는 한번 작심하면 반드시 끝장을 보는 사람이었다. 일에서는 더 말할 것이 없었다. 가끔 다른 사람이 놀랄 정도로 일을 빨리도 했고 상당히 많은 양의 일을 순식간에 해치우기도 했다. 킬러를 고용한 것이나 마찬가지인 그는 이죽거리며 말했다.

"팥쥐 엄마 스트레스 받게 하는 콩쥐네."

그럼에도 불구하고 바라라 레스 못지않게 나는 그에게 감사했다. 그는 나에게 기회를 주었기 때문이다. 성별이나 나이에 관계없이 도전할 기회를, 일거리를 주었다. 그 덕분에 나는 해외 취재를 자유롭게 다닐 수 있었다. 또한 각종 국제회의에 대표로 나가 새로운 세상을 볼 수 있었다.

"전여옥 씨, 서양 애들이 얼마나 힘이 좋은지 가서 봐요. 걔네는 하루 종일 회의하고 한밤중에 클럽에 가서 밤새고 놀아요. 그래도 다음날 아침 회의에 끄떡없이 나오고, 체력은 국력이 아니라 나의 힘이지."

트럼프가 알아본 킬러, 바바라 레스의 자질은 또 하나 있었다.

"트럼프는 누가 자신을 공격하면 절대로 그냥 안 넘어갔죠. 반드시 받아쳤어요. 저 역시 그랬죠. 현장에서 여성이라고, 나이가 적다고 무시하면 저는 몇 배로 갚아줬어요. 그 즉시!"

억울하고 황당한 일을 당했을 때 적잖은 사람들이 분한 눈물을 삼키며 참는다. 때로는 자기 가슴을 탕탕 쳐서 멍이 들게도 한다. 나 역시 그런 일이 있었다. 내 가슴에 피멍도 들어봐서 할 수 있는 말이 있다.

"그것은 자해행위다."

부당하게 나를 공격하고 음해하고 누명을 씌운다면 그 즉시 리액션을 보여야 한다. 그리고 그 리액션에는 '되갚음'이 별책부록이라는 것을 상대가 반드시 알게 할 필요가 있다. 그래야만 더 이상 건드리지 않는다.

나를 몬스터로 불렀던 그 보스가 내게 준 기회 중에는 특별한 것도 있었다. 수많은 애인들을 만나는 자리에 나와 함께 가곤 했다. 실제로 그의 애인들 중에는 연예인도 꽤 있었다. 그녀들을 위한 배려로서 킬러무수리인 나를 동반한 것이다. 나와 함께라면 그 자리는 일과 관계되어 있을 거라고 많은 사람들이 접고 들어갔기 때문이다.

물론 그런 자리도 내게 나쁘지 않았다. 남자에게 여자들이 얼마나 멍청하게 넘어가는지를 실시간으로 맛있는 와인과 식사를 대접받으며 공부할 수 있었기 때문이다. 게다가 그 둘이 사라지는 적당한 시점에는 나의 손에 꽤 비싼 와인 선물이 들려 있었다.

킬러무수리는 언제나, 그리고 장기적으로 실속이 있었다. 날씬한 모델이 영원할 수 없고, 잘 나가는 연예인의 젊음이 영원할 수 없다. 그러나 킬러의 솜씨는 나날이 향상되고, 무수리의 직급은 실력과 능력에 따라 올라갈 수 있다.

우파와
좌파의 차이?

한 아이돌 가수가 토크쇼에 나왔다. 평소에도 책 읽는 것을 좋아해서 늘 책을 가까이 한다고 했다. 요즘 이런 사람 없다. 책벌레는 꽤 오래 전에 멸종됐다. 불과 얼마 전만 해도 독서가 취미라며 가볍게 웃었지만 요즘 그렇게 말하면 진지하게 받아들인다.

독서가, 책읽기가 아주 특별한 취미이자 개인의 취향 혹은 특이한 사람들의 특권이 되어버린 요즘이다. 그런데 연예인이, 아이돌이 책읽기를 좋아한다고? 궁금해졌다.

"○○ 씨는 요즘 뭐가 관심사예요?" 하고 사회자가 물었다. 그런데 그 답이 뜻밖이었다.

"보수와 진보의 차이가 궁금해요."

어! 놀랍기도 했다. 그녀는 왜 궁금할까? 무엇이 어떤 점이 알고 싶은 걸까? 사실 우리나라 연예계는 이미 진보좌파가 평정했다. 안토니오 그람시의 이른바 '진지론'을 집요하게 밀고 나간 좌파는 문화예술계에 깊게 뿌리를 내렸다. 그녀는 좌파는 아닌 것 같다고 잠시 생각했다. 좌파 연예인이 보수와 진보의 차이에 대해 궁금해할 리가 없지 않은가. 사회자는 "보수와 진보에 대해 ○○ 씨는 어떻게 생각하느냐?" 물었다. 그녀는 고개를 갸웃거리며 진지한 얼굴로 이렇게 말했다.

"전 보수는 있는 것 그대로가 좋다고 생각하는 사람들이고, 진보는 뭔가 변화를 원하는 사람이라고 생각해요."

아주 틀린 말은 아니다. 보통 사람들이 생각하고 있는 보수와 진보에 대한 평범한 설명일 수 있다. 우리나라 웬만한 정치인에게 물어보아도 아마 마찬가지 대답이 나올 것이다. ○○ 씨는 정말로 알고 싶어 했다. 보수와 진보의 차이를. 아마도 지금 두 갈래로 갈가리 찢겨진 이 두 진영을 보면 웬만한 사람들은 눈을 아예 감아버리고 싶을 텐데 말이다.

나는 ○○ 씨가 진지하게 이 보수와 진보의 차이, 혹은 우파와 좌파의 차이를 궁금해하는 것이 다행스러웠다. 또 일종의 색안경을 끼고 그녀를 본 것을 반성했다. 그날 밤 나는 스스로 물어보았다.

"왜 너는 보수주의자가 됐니?"라고.

나는 보수주의자다. 그리고 내가 살아가는 가치와 기준으로서 보수주의를 선택한 것을 다행스럽게 생각한다. 물론 보수주의에 대해서는 많은 편견이 있는 것도 사실이다. 보수라는 단어 대신 '우파' 혹은 '자유 우파'라는 단어를 쓰자고 하는 사람도 있다.

젊은이들에게 '보수', '지킨다'라는 단어는 왠지 답답하고 따분하고 아재스럽다고 느껴질 수 있을 것 같다. 반면 진보는 얼마나 멋진가? 앞으로 나아가는 것 아닌가? 뭔가 역동적이고 새롭고 가슴 뛰는 설렘이 담긴 것 같다. 나도 한때는, ○○ 씨 나이 때는 그랬다.

그러나 지금은 보수라는 말을 진심으로 아끼고 사랑하고 이에 대해 자부심을 느낀다. '보수'는 말 그대로 지키는 것이다. 여기에 보수주의의 핵심이 있다. 보수주의자들은 평생 지켜야만 될 것을 만들고 생산한 사람들이다. 땀과 지식을 총동원해서 나의 것, 지켜야 할 것, 지적 물적 유산을 쌓아온 사람들이다. 보수주의자에 대해 내 나름의 정리를 하자면 다음과 같다.

첫 번째, 보수주의자들은 지켜야 할 가치를 지닌 사람들이다. 지킬 것이 없는 사람들은 위험하다. 지킬 것이 없는 사람들은 굳이 품격을 지키거나 책임을 감수하거나 절제할 필요가 없다. 그래서 지킬 것이 많은 보수주의자라면 피의 세금이라는 병역도 기꺼이 하고, 열심히 땀 흘려 손에 쥔 수입 가운데 많은 비중의 세금도 내야 한다.

두 번째, 보수주의자들은 늘 스스로를 보수한다. 마치 어머니가 20년도 넘은 냉장고를 늘 훔치고 닦으며 최대한 멀쩡하게 사용하려는 것과 같다. 마치 아버지가 전구를 갈고 깨진 욕실 타일을 붙이며 집안을 가꾸는 것과 같다. 그것은 소중한 것을 다루는 행위다. 보수란 자신의 가족, 지역사회, 나라를 책임 지는 행위를 중시한다.

세 번째, 보수주의자들은 공정한 경쟁을 추구하고 활발한 시장을 사랑한다. 그들은 사회에 나와 52시간제나 최저임금과 관계없이 일했다. 보수주의자는 시장에서 경쟁하며 일한 대가를 가져가길 원하는 사람이다. 나는 그 점에서 시장은 보수주의의 화려한 꽃밭이라고 생각한다.

예전 내 지역구에 차곡차곡 돈을 모은 시장 상인이 있었다. 그 두 부부는 늘 열심히 일했다. 어느 날 그들과 저녁 식사를 함께 하며 어떻게 부자가 되었는지 그 이야기를 들었다.

"맨몸으로 서울에 올라왔죠. 기차 삯만 들고요. 처음 시작한 일은 여기 이 시장에서 채소 상인들이 버린 배춧잎을 모아서 파는 것이었어요. 채소 장사는 장사 중에도 아주 힘들고 거친 일이 많아요. 그렇지만 대신 수입도 쏠쏠하죠."

여전히 채소 가게를 하는 그 부인은 식사를 할 때마다 늘 다른 브랜드의 명품백을 들고 나왔다. 나는 그 부인처럼 명품백이 어울리는 여성은 전에도 그 뒤에도 보지 못했다. 물론 이렇게 간단하게 보수주의를 설명할 수는 없다. 그래도 ○○씨가 궁금했던 보수의 핵심은 바로 이 세 가지로 어느 정도는 설명이 될 듯하다.

그렇다면 진보는? 나는 왜 진보주의자가 되지 않았을까? 나는 뜬구름 잡는 일이나 무지개 좇는 일을 하고 싶지 않았다. 한 번밖에 없는 이 소중한 삶을 좀 더 구체적이고 확실한, 손에 잡히는 것에 쏟고 싶었다. 성과물도 없이 손을 탈탈 털고 일어설 정도로 내 인생은 한가롭지 않았다.

내가 겪은 진보주의자는 우리나라 경제를 말아먹은(안타깝지만 내가 보기엔 그렇다) 전 정책실장 같은 무지개를 좇는 소년이었다. 자유보다 평등을 우선한다. 나라가 개인의 삶을 책임져주는 복지지상주의를 추구한다. 현실에 발을 딛고 또박또박 걸어가기보다는 하늘을 날고 싶어 하고 뜬구름 잡는 이야기를 시도 때도 없이 한다. 그런데 그것이 전부다.

물론 진보의 가치를 절대 평가절하하는 것이 아니다. 진보는 진보의 역할이 분명히 있다. 약자에 대한 배려, 시대적 변화를 받아들이는 복지개념, 인권중시 등 우리 사회에서 소중하게 여겨지는 신념과 가치를 지키는 일 말이다.

그러나 한국사회에서 진보를 내세우는 집단은 있지만 진정한 진보주의자는 없다. 강남좌파만이 진보를 표방할 뿐이다. 정확히는 명품좌파가 아니라 짝퉁좌파, 권위적인 좌파, 무지한 좌파가 있을 뿐이다. 그리고 그들은 철저하게 편가르기, 진영의 논리에 함몰되어 있다.

나도 한때는 진보좌파의 가치에 귀 기울이고 밤을 새워 그런 책들을 읽곤 했다. 아주 오래 전 80년대의 일이었다. 이미 다른 나라에서는 고서점에나 처박혀 있을 책들을 신줏단지처럼 읽던 대학시절도 있었다. 나름 배우고 익힌 것도 있었다. 하지만 다른 선택을 했었다면 그쪽으로도 많은 것을 얻고 많은 것을 배울 수 있었을 거라는 생각도 든다.

젊은 친구들의 눈이 더 높은 곳을 향하는 것은 당연하다. 나 역시 보이지 않는 끝도 없는 저 먼 곳을 늘 바라보았다. 그래서 젊은 친구들의 뜨거운 심장을 이해한다. 나도 그랬으므로.

살다 보니 보수주의자가 된 것이 아니었다. 내 삶에 최선을 다해 충실히 살다보니 보수주의라는 매뉴얼이 필요했던 것이다. 즉, 아주 현실적인 이유로 보수주의자가 되었다는 생각이다. 언젠가 ○○씨를 만나면 그녀의 질문에 더 자세히, 더 깊이 있게 답을 해주고 싶다.

모든 일에는
예고편이 있다

8

모든 일에는 예고편이 있다. 우리가 놓쳐서 그렇지 꼼꼼하게 관찰하면 다 알 수 있다. 선거 결과 역시 그렇다. 한 정치 컨설턴트는 "선거에서는 좋은 후보가 아니라 강한 후보가 이긴다"고 했다. 반은 맞고 반은 틀리다. 선거는 어느 정도 준비된 후보가 이기고 또 강한 투지가 있는 후보가 이긴다.

미국도 마찬가지다. 미국에서 오바마와 매케인이 붙었던 2008년 미국 대통령 선거운동을 보러 갔다. 공화당의 이단아 매케인과 민주당에서 돌풍을 몰고 온 미국 최초의 흑인 대통령 후보 오바마, 이미 뜨겁게 불타오르는 선거였다. 이 선거를 위해 각 당의 대의원들이 모이는 전당대회가 열린다. 이 전당대회는 이미 지명된 후보가 지명수락 연설을 하고 대의원들이 꼭 이기자는 결의를 다지는 일종의 당의 축제, 잔치판이다.

'미국은 어떻게 전당대회를 하나?'

평소 궁금했던 나로서는 아주 좋은 기회였다. 특히 2008년은 버락 오바마라는 40대 후보가 말 그대로 혜성같이 나타나 돌풍을 일으키고 있었다.

"인구로 볼 때도 그렇고 아무리 그래도 여성 대통령이 먼저 나오지 않겠어요?"

백인과 개신교도의 나라인 미국에서는 이게 상식이었다. 그런데 그 상식을 깨고 버락 오바마라는 "경력도 별거 없고, 하버드대학교에도 흑인에 대한 특별전형으로 들어간, 그가 과연 승리할 수 있을까?" 하는 분위기였다.

그때 내가 몸담고 있던 한나라당(현재 자유한국당)에서 6명 정도의 의원이 전당대회를 보러 갔다. 자타가 인정하는 유창한 영어를 구사하는 미국통뿐만 아니라 미국 유학을 다녀온 변호사, 판사 출신 의원 등 나보다 정치 경력이 길고 뛰어난 이들이었다. 그들의 경력은 버락 오바마보다 훨씬 나으면 나았지 뒤처질 것이 없었다.

미국 공화당은 보수를, 민주당은 진보를 상징한다. 우리나라와 달리 미국의 경우 두 정당 모두 시장경제의 원칙은 굳건이 지켰다. 차이가 있다면 복지와 여성에 대한 시각, 다인종주의, 동성애와 낙태 문제 등에 대해서였다. 이렇게 두 정당은 추구하는 삶의 방향이 다르기 때문에 전당대회 분위기도 뚜렷하게 달랐다.

먼저 민주당 전당대회를 봤다. 일단 민주당 당원들은 매우 자유로운 옷차림을 하고 왔다. 90년대 이후 사라졌다고 봤던 히피들이 군데군데 자리를 차지하고 있었다. 꽃을 꽂고 헝클어진 긴 머리에 어깨를 드러낸 블라우스와 펑퍼짐한 치마를 입은 여성들, 방금 일터에서 온 듯 청바지와 티셔츠 차림을 한 히스패닉계 미국인과 인도를 비롯한 동양계 미국인들이 각각의 고유의상을 입고 있었다. 한마디로 자유롭고 혼란스럽고 시끌벅적했다.

반면 공화당 전당대회는 완전히 달랐다. 거의 백인들이 주 당원이었고 남자들은 말끔한 양복을 멋스럽게 차려입고 있었다. 여성들은 딱 떨어지는 투피스나 원피스 차림에 머리는 공들여 손질된 상태였다. 부스마다 음식이 차려져 있었고 당비를 화끈하게 내는 당원들이 있는 부스에는 샴페인과 캐비아까지 있었다.

대충 봐도 민주당이 비주류들의 모임이라면 공화당은 주류들의 모임이었다. 미국은 우리처럼 "이번 선거는 저 정당? 아니 겪어보니 안 되겠어" 하고 다른 당을 찍어주는 경우는 매우 드물다고 할 수 있다. 대를 이어 가풍 내지 가훈으로서 공화당 집안이나 민주당 집안이 정해져 있는 경우가 꽤 많았다.

한국에서 온 우리는 과연 오바마가 이길 것인가? 매케인이 승리할 것인가를 놓고 토론을 했다. 그런데 놀랍게도 6명 가운데 나를 빼고는 5명이 매케인이 승리한다고 예상했다. 나로선 의외였다. 여성의원 한 명만 초선이고 4명은 나보다 오래된 3선 이상의 의원들이었다.

"매케인이 호텔 하노이의 영웅이잖아요? 미국은 영웅을 좋아해요. 그런 점에서 오바마는 결코 미국의 상징이 될 수 없어요."

"오바마의 경력은 겨우 커뮤니티 오가나이저, 시민운동 좀 한 변호사 아닌가요? 오바마를 뽑는 것은 모험이죠. 미국인들이 그런 선택을 할 리가 없어요. 미국은 와습WASP(미국 사회를 지배하는 백인 중에서 잉글랜드 출신의 영국계이자 기독교 중 신교도라는 조건에 모두 해당하는 사람)의 나라예요."

"미국에서 흑인 인구는 12%밖에 안 돼요. 어떻게 오바마가 당선되겠어요? 그리고 오바마는 아버지가 아프리카계 흑인인 것은 둘째 치고 하와이 출신이죠. 하와이는 미국의 본류가 아니고요."

"매케인 부인이 하인즈의 상속녀잖아요. 매케인도 부자고. 막대한 선거비용을 과연 오바마가 모을 수 있을까요? 지금부터 TV토론에다 광고를 어마어마하게 때릴 텐데요."

"오바마가 인터넷 선거운동을 한다고 하는데 선거는 발로 뛰어야 돼요. 온라인으로 사람을 모으고 젊은 대학생들이 오바마를 위해 자원봉사를 한다고 하지만 그래도 전문 선거 전략가들이 포진한 매케인을 당할 수는 없지요."

5명은 매케인이 이긴다고 했다. 나는 오바마가 승리할 것이라고 말했다. 다들 아연실색한 분위기였다. 나는 워낙 내기를 좋아한다.

"그럼 우리 내기할까요? 얼마 걸까요?"

"음, 백 달러씩 걸까요?"

이럴 때 나의 도박본능이 꿈틀거린다. 고스톱을 쳐도 웬만하면 따는 사람이 나다. 그래도 타짜의 길을 걷지 않고 조신하게 살아왔다. 하지만 이럴 때 그 숨길 수 없는 본색이 드러난다.

"아이, 쪼잔하게, 우리 천 달러씩 걸어요."

허걱! 순간 나머지 다섯 명의 얼굴에 당황한 기색이 역력했다. 하지만 절대 다수라는 현실을 깨닫고 "함께 가면 고! 그럽시다!" 하고 자신만만하게 응했다. 다소 찜찜해 하며 뭔가 이상하게 돌아간다는 표정을 하는 이도 있었기에 나는 재빨리 화제를 바꿨다.

일을 마치고 한국에 돌아왔다. 얼마 되지 않아 역사적인 미

국 대선이 치러졌다. 당연히 버락 오바마의 승리였다. 매케인
이 승리한다고 보는 것은 희망사항이었다. 자신들이 매케인이
되기를 바랐기 때문일 것이다. 희망이라는 당의정을 입혀 어
떤 일을 예측하는 것은 위험하다. 아무튼 나는 내기에서 이겼
다. 천 달러씩 다섯 명에게 받아낼 수 있는 상황이 된 것이다.

'우와, 5천 달러? 세상에나!' 하고 한참이나 웃었다. 보통 의
원들이 외국에 갔다 오면 해단식 비슷한 것을 한다. 대개 선배
의원이 연락을 해서 간단하게 소회를 풀며 저녁을 먹는 것이
일반적이다.

그런데 이번에는 연락이 없었다. 혹시 나한테만? 해서 보
좌관 보고 다른 의원실에는 연락이 왔나 슬쩍 알아보라고 했
더니 "없었대요" 한다.

"웬일?"

그러나 내 의문은 쉽게 풀렸다. 그 5인의 동반자들이 하나
같이 같은 행동을 했기 때문이다. 본회의장에서는 나와 눈 마
주치기를 꺼리며 일부러 다른 이들과 부지런히 이야기하거나
먼 산을 바라보기까지 했다. 의원회관에 들어가다가 "아! 드
디어 만나네" 했는데 나를 발견하자마자 급기야는 기둥 뒤로
숨어버리기까지 했다.

"찌질하기는…"

문제는 천 달러였다. 나는 좀 더 오래 함부로 예측한 그들을 불안초조하게 만들며 암행의 즐거움을 만끽하고 싶기도 했다. 그러나 다음날 5인의 의원에게 이렇게 전했다.

"농담을 진담처럼 알아들으시네요. 천 달러는 무슨… 밥이나 사세요."

다음 날 본회의가 있었다. 5명의 의원이 마치 구세주나 만난 듯 나에게 달려 왔다.

"허허허, 역시 나도 오바마에 걸려고 했는데"

"매케인이 공화당의 이단아라서 안 된 것 같아요."

"부통령 후보였던 페일린, 그 여자가 산통 다 깬 것도 같고…"

다들 호들갑스럽게 매케인의 패배를 이야기했다. 그러나 정작 내게 왜 오바마가 이길 거라고 생각했냐고 묻지 않았다. 천 달러 면제의 기쁨이 너무 컸기 때문일까?

오바마가 이길 거라 예상한 이유는 간단했다. 공화당 전당대회의 경우 연설이 끝날 때까지 자리를 지키는 사람이 없었다. 줄줄이 늘어지는 연설 속에 주인공은 매케인이 아니었다. 바로 다음 대선주자로 뛸 자신이었다.

반면 민주당 전당대회는 달랐다. 연설 시간을 끝까지 칼 같이 지켰다. 연설자가 자신이 아니라 '왜 오바마인가?'에 초집

중했다. 비장미가 흘렀다. 반드시 이겨야 한다는 공통의 사명감이 전당대회장을 가득 채웠다.

모든 선거에는 딱 하나의 절대법칙이 있다. 절박한 사람이 이긴다는 것, 공화당보다 민주당이, 매케인보다 오바마가 더 절박했다. 그래서 나는 오바마에게 걸었다. 그 천 달러를.

그의 나이는 34살

그의 나이는 34살, 푸근한 외모에 예리한 지성을 지녔다. 그는 일본인. 일본에 대한 영원한 호기심을 지닌 나와 많은 이야기를 나누는 친구다.

그가 제일 억울해 하는 것은 일본 남자들은 초식남이라는 것이었다. 그는 건장한 체격에 왕성하게 자라는 수염 때문에 하루에 두 번씩 면도를 해야 하는 열혈남자다. 남자다운 일본 남자. 나 역시 도쿄에 살았을 때 봤던 영화나 드라마 속에서나 현실 속에서 만났던 꽤 괜찮았던 일본 남자들과의 추억이 있었다.

"맞아요. 일본 남자 초식남 아니죠. 외려 멋진 상남자들이 많은데 일본 남자를 졸지에 다 초식남 취급하는 것은 틀린 거예요."

그는 구제받았다는 표정으로 이야기를 시작했다.

"일본의 잃어버린 20년이 문제였어요. 지난 20년 동안 일본 사회가 너무 어려웠지요. 남자들이 제대로 돈도 벌 수 없었고 안정된 직장은 언감생심이었어요. 그러니까 연애도 결혼도 할 수 없었던 거예요."

당연하다. 연애는 돈이 든다. 그래도 한국보다는 일본에서 데이트 비용을 각각 내는 경향이 컸던 것 같다고 나는 말했다.

"음, 그렇긴 해요. 하도 살기가 팍팍하니까 젊은 남자들 주머니 사정이 좋지 않아서 그런 거죠. 쇼와 시대에는 그렇지 않았어요. 데이트 비용은 무조건 남자들이 다 냈어요. 여자가 돈을 내면 화를 내는 남자도 있었어요. 지금 한국 남자들처럼요."

"요즘은 여자가 돈 낸다고 화내는 한국 남자 없어요."

우리는 크게 웃었다. 그가 말하는 쇼와 시대는 60년대 후반부터 80년대 초까지를 말한다. 일본 상품이 세계를 제패하던 시절이다. '재팬 이즈 넘버 원!', '메이드 인 재팬'이 전 세계에서 열풍이던 일본판 황금광 시대였다. 바로 고도 성장기였다.

"고도 성장기 일본의 남자들은 참 자신감이 있었어요. 그런데 지난 20년 동안 모든 것이 정체되고 경기가 바닥도 없이 가라앉자 남자들이 그 에너지를 잃어버린 거예요. 연애도 포기하고 결혼도 체념하고⋯ 일본에는 40이 넘도록 말 그대로 동정을 지닌 채 늙어가는 남자도 꽤 돼요. 그 당시 일본 사회의 쇼크라고 해서 미디어에 크게 보도되기도 했어요."

남의 나라 일이 아니다. 우리 나라에도 결혼을 포기하는 남자 아니 정확히 말해서 결혼을 하지 않겠다고 선언하는 남자들이 꽤 늘고 있다. 한국도 초식남 시대인가?

나의 또 다른 젊은 남사친. 그는 30살이다. 여자 친구와 뜨거운 연애도 해본 친구다. 그의 연애세포는 분명 살아 있다. 그렇지만 결혼에 대해서는 고개를 가로젓는다.

"요즘 제 친구들 중에는 살기가 하도 팍팍하니까 결혼하는 애도 있어요. 생활비가 반으로 팍 줄고 수입은 1.7배쯤 증가하니까요. 하지만 절대로 아이는 낳지 않기로 처음부터 굳게 다짐하고 결혼해요."

젊은이들이 살기 어려운 세상이다. 저물가 시대라지만 내가 살고 싶은 직장 근처 집은 고공행진이다. 취업은 하늘에 별 따기이고 설령 취업을 했다고 하더라도 그리 앞날을 낙관할 수 없다. 지금 대한민국에서 살아가고 있는 20대와 30대는 이렇게 고달프게 산다.

정치는 희망을 주는 예술이라고 했다. 싱가포르의 국부 리콴유가 한 말이지만 아마도 한국청년들에게는 씨도 안 먹히는 그저 화려한 레토릭에 불과할 것이다. 정치는 생산성과 풍요를 약속하고 그걸 이룰 수 있어야 한다. 젊은 친구들이 여러 직장에서 러브콜을 받고 그 가운데 선택할 수 있는 세상이어야 한다. 결혼을 하고 아이를 낳는 문제를 떠나 스스로 오늘보다 내일의 삶이 나을 것이라는 확신을 가질 수 있는 세상이어야 한다.

그런데 한국 정치는 절망의 예술이 되어 버렸다. 청년들에게 고통을 주고 기껏해야 선거 때 푼돈이나 안기면서 표 긁기나 할 뿐이다. 절망의 퍼포먼스가 비참하도록 계속되고 있다. N포 세대를 만든 것은 젊은 친구들의 책임이 아니다. 나랏일을 한다고 하는 으스댔던 그러나 결과물은 없었던 기성 정치인들의 책임이다. 푸근한 외모에 예리한 지성을 지닌 그 일본 친구는 한국의 나 홀로 문화에 대해서도 관심을 갖고 있었다.

"일본에서 혼밥을 하는 것은 정말 돈이 없어서 그래요. 혼자 먹으면 값싼 것을 먹을 수 있으니까요. 우리도 고도 성장기에는 다들 어울려서 흥청망청 먹었어요."

그렇다. 그야말로 회사 비용으로 고급요정에도 가고 유명한 맛집에도 우르르 몰려가서 때려먹던 시대다. 일본의 6,70년대는 그렇게 넉넉하고 풍요로웠다. 하지만 미국은 그런 일본을 가만히 두고 볼 수가 없었다. 일본이 미국의 메이저 리그 구단은 물론이고 그 넓은 미국 땅을 탐욕스럽게 사들이면서 미국의 거대한 마천루도 일본 재벌의 소유가 되던 시대였다. 그 시대가 일본의 엔화 가치를 올려놓았고 이내 일본의 거품 경제는 꺼져 버렸다. 그리고 잃어버린 10년이란 긴 불황기에 접어들었다. 더 불행했던 것은 잃어버린 10년이 그만 잃어버린 20년이 되고 만 것이었다. 친구는 한숨을 쉬었다.

"요즘 한국에서는 혼술, 혼밥, 혼영, 혼육까지 혼자 하는 걸 무슨 트렌드나 되는 것처럼 멋스럽게 보는 것 같아요. 일본의 혼밥 문화를 은근 시크하게 보기까지 하고요. 근데 아니거든 요. 정말 함께 밥을 먹을 여유도 자신도 없었던 불황기의 유산이라고 봐야 해요. 어쩔 수 없는 강요되다시피 한 선택이었을 뿐이에요. 혼자 밥 먹는 것, 사실 쓸쓸하고 처량한 일이거든요."

한때 일본 학생들은 혼자서 밥 먹는 것을 남들이 알까 두려워 화장실에서 도시락을 먹기도 했다. 오죽하면 대학에서 "제발 화장실에서 밥을 먹지 말라"는 호소문을 붙였을까? 혼밥이라는 것은 불황의 그늘이 만든 쓸쓸한 행태일 수 있다.

오늘날 한국 젊은이들의 혼밥은 '나 혼자 산다' 현상의 서막에 불과하다. 취업은 물론이고 부모 세대의 풍요로움을 넘어설 수 없는 절박함 속에서 한국 젊은이들의 나 혼자 먹고 마시며 사는 현상은 일본보다 꽤 오래 지속될 거라는 생각도 든다.

"너무 가엾고 불쌍해요. 지금 일본은 호황이라서 각 기업에서 직원 구하느라고 난리예요. 직장을 골라서 가는 거지요. 그런데 한국 친구들은 이력서를 백 군데나 내도 취업이 안 되고 그 절망이 깊어지면 사회가 타이타닉호 침몰하듯 서서히 꺼지게 되어 있어요. 일본이 그랬거든요."

이런 절망의 골에서 희망의 빛을 던지는 것이 바로 정치가 해야 할 일이다. 그러나 우리나라 정치는 이른바 반드시 찍는다는 고정 투표층인 노년층을 위한 정책과 복지에만 집중되어 있는 듯하다. 일자리 창출을 위해 노력한다지만 노년층 60대 일자리만 늘었다. 젊은 청년을 위한 일자리는 작은 틈조차 열리지 못하고 있다. 정치인들에게 젊은 세대의 존재감이 사라졌다고나 할까?

젊은층의 존재감은 TV시청률조사할 때만 염두에 둘 것이 아니다. 광고주들은 아무리 시청률이 높아도 2049, 즉 20살에서 49살의 시청자가 얼마나 많이 보는지에 가장 중점을 둔다. 바로 그들이 활발하게 소비를 하는 세대이기 때문이다.

그런 점에서 젊은 세대들에게 하고 싶은 말이 있다. 정치의 소비자가 되라는 것이다. 정치를 소비하고 주도하고 선거에서 영 파워를 발휘할 때 그들의 일자리도 지원 정책도 늘어날 것이다. 물론 활발한 정치 소비자에서 적극적인 정치 공급자

로 이동하는 것도 필요하다. 선거에 입후보하는 것도 아주 효
과적인 일이다. 그래야 대접받고 대우받고 자기 세대의 밥그
릇을 챙길 수 있다.

정치를 하면서
내가 싫어했던 말

8

  정치를 하면서 내가 싫어했던 말이 있다. 주군, 충성, 복심… 대충 이런 단어들이다. 처음 여의도에 들어왔을 때 정치가 사양 산업이라는 것을 직감했다. 사람들이 하는 말, 하고 다니는 모양새, 하다못해 낮술을 하는 것까지 한심하기 짝이 없었다. 사양 산업에 퇴행 산업이 바로 정치라는 결론을 쉽게 내릴 수 있었다.

  그중 가장 답답한 것은 "주군으로 모시고", "충성도가 높은", "아무개의 복심"까지… 뭐 오른팔은 물론 왼팔도 있었다. 듣고 보니 무슨 조폭집단을 표현하는 것 같았다. 그러나 그것이 정치일번지라는 대한민국 국회가 존재하는 여의도의 현실이었다. 그런 여의도의 현실을 뒷받침하는 것은 언론과 국민이었다. 디지털 혁명 시대에도 정치부 기자들의 표현방식은 하나도 달라지지 않았다. 내가 수습기자를 했던 시절과 변함이 없었다.

정치에 몸을 담기 전에 난 늘 하루하루를 짜릿하게 보냈다. 오늘보다 나은 내일을 위해서 몸이 부서져라 일했고 머릿속에서 다림질될까 두려워 열심히 읽고 분석하고 나 자신을 훈련했다. 그런데 여의도에서는 그럴 필요가 없었다. 놀랍게도 모든 것이 하나의 법칙으로 통했다.

"권력은 권력자와의 거리와 반비례한다."

권력자와 가까이 있으면 있을수록 힘이 있다는 뜻이었다. 사람들은 어떻게 해서든지 물리적으로 권력자와 가까워지려고 안간힘을 썼다. 때로는 안면몰수하고 덤볐다. 처음 대변인을 맡았을 때, 나는 당연히 당시 박근혜 대표와 함께 움직였다. 천막 당사에서 내 정치 인생은 시작됐다. 당시 번듯한 당사를 차떼기당에 대한 반성으로 국가에 헌납했기 때문이었다.

사람에게는 예감이라는 것이 있다. 나의 촉은 '너의 정치 인생이 꽃길이 아니라 가시밭길일 거야'라고 알려줬다. 물론 나는 개의치 않았다. 호사를 누리고자 정치를 시작한 것이 아니었기 때문이다. 오로지 좌파 정권은 안 된다는, 더 정확히 말하자면 시장경제의 무한한 가능성을 훼손시키는 것을 두고 볼 수 없어 정치에 뛰어든 것이었다.

평범한 집의 딸로 태어나 나름 성과를 얻었다면 그 이유는 내가 기회의 한복판에 서 있었기 때문이었다. 내게 시장은 알라딘의 마술램프였다. 시장에서 나를 팔고 나를 성장시키면서 기회를 얻는다는 점이 좋았다. 당시 내가 보기에 노무현 정권은 시장경제를 위축시키고 경제를 말아먹고 있었다. 중요한 것은 경제였고 지켜할 것은 시장이었다. 배지를 달거나 권력에 욕심이 있었던 것은 아니다. 그보다는 나름대로 자부심과 가치를 갖고 시작한 정치였다.

지금까지 살아온 대로 열심히 일했다. 새벽 5시에 일어나 천막 당사의 텅 빈 대변인실로 출근을 했고 밤하늘의 별을 헤아리면서 퇴근했다. 그것으로 충분했다. 나라는 사람은. 그러던 어느 날 한 기자가 내게 물었다.

"선배, 어떻게 해서 박근혜 대표의 복심이 되었어요?"

"복심???"

내가 복심의 뜻을 몰라서가 아니었다. 나는 적어도 그런 구태의연한 정치인이 아니었다. 누군가의 복심이 되어서 연막을 치고 다니는 그런 사노비 같은 정치인은 더더욱 아니었다. 속으로 웃긴다고 생각했다.

늘 무엇을 하든 간에 나의 주어는 나 자신이어야 했다. 그러나 정치판에 들어와 보니 스스로 주어가 되는 정치인이 드물었다. 주어는 오로지 최고 권력을 지닌 단 한 사람뿐이었다. 대개 다른 정치인들은 그 최고 권력자의 각주에 불과했다. 그 최고 권력자와 어느 정도 맞짱을 뜨거나 무시할 수 없는 정치인은 별책부록 정도의 대우를 받았다.

나는 복심으로 불리는 것이 매우 불쾌했다. 내가 할 수 있는 범위 내에서 내 몫의 정치를 하고 싶었고 전여옥의 정치를 늘 마음에 두고 있었다. 그것은 내가 정치에 들어온 본래 목적이기도 했고 초심을 잃지 않는 방법이기도 했다.

그런데 놀랍게도 한국정치에서 금기시된 것이 "아무개는 자기 정치를 하려고 한다"는 말이었다. 즉, 주군에게 몸 바치며 충성하지 않는 정치인을 자신의 권력의지를 실현하려고 드는 배은망덕한 싸가지 없는 정치인으로 매도된다. 이 경우 모든 정치인들은 마치 봉건영주와 그를 받드는 신하처럼 주종관계로 엮어버리고 만다. 여전히 어떤 정치인을 소개하는 신문 혹은 TV프로그램을 보면 "주군을 잘 모셨고 충성심이 남다른" 등의 표현이 아무 거리낌 없이 등장하고 있다.

국민들도 마찬가지다. "딱 그 국민 수준의 지도자를 갖게 되는 것, 어떤 경우든 예외는 없다"라는 말이 맞다. 지도자는 곧 그 나라 국민의 수준을 콕 집어서 보여준다. 포퓰리즘을 정치라고 여긴 에바 페론을 그리워하는 한 아르헨티나의 미래는 없다고 나는 생각한다. 소학교 졸업이라는 짧은 학력을 내세워 국민의 감정을 자극해 총리가 된 일본의 다나카 가쿠에이도 마찬가지다. 이후 일본은 금권정치의 오랜 그림자를 걷어내지 못했다.

흔히 우리나라는 대통령 복이 없다고 말한다. 청와대 터가 세서 그런지 제대로 평온하게 퇴임을 맞이한 대통령이 없다. 국민의 지탄을 받았고 자식들이나 친인척은 물론 대통령이 감옥살이를 해야 했다. 청와대 터가 워낙 세서 옮겨야 한다는 풍수지리설이 힘을 얻을 정도다.

요즘도 돌아가는 것을 보면 암담하다. 박근혜의 탄핵만 문제가 아니다. 미국도 탄핵, 일본도 아베 사퇴, 우리도 여전히 광화문에서 '문재인 하야'를 외치고 서초동에서는 '문재인 지못미'를 외친다. 자칫 하다가는 이 나라의 국민은 탄핵 전문 국민이 될 것 같다. 그 혼란과 그 수치는 누구의 몫인가? 단지 대통령을 맡은 인물의 무능과 오만을 탓할 수만은 없다.

국민이 문제다. 왜? 유권자인 국민은 총알보다도 더 강한 한 표를 갖고 있기 때문이다. 그 한 표라는 무기를 유능하게 행사하지 못했기에 오늘날까지 무능한 대통령이 당선된 것이다. 누구를 원망할 일이 아니다. 결국 국민들이 얼마나 제대로 투표권을 행사하느냐가 중요하다.

그런데 우리나라만 이렇게 지도자 복이 없는 것은 아니다. 지금 전 세계를 둘러보면 그야말로 도토리 키재기다. 물론 이 가운데에도 최악은 있지만 말이다. 가깝게는 세습정치가로서 잘 버티고 있는 일본의 아베도 그렇고, 국민 세금 뜯어먹던 사업가에서 대통령이 된 미국의 트럼프도 그렇다. 문재인 대통령도 마찬가지다.

국민이 지도자에 대해 갖고 있는 부채의식은 또 뭐란 말인가. 박정희 대통령의 딸 박근혜 대통령과 노무현 대통령의 친구 문재인 대통령. 국민은 채무자가 아니다. 국민은 그 어떤 지도자에게도 빚을 지지 않았다. 그럼에도 불구하고 우리 국민들은 이상한 부채의식을 갖고 있는 것 같다. 그 지도자의 끝이 그런 것은 전적으로 그와 그녀의 책임이다. 지도자가 국민을 지켜줘야 마땅하다. 왜 국민이 지도자를, 최고 권력자를 지켜주기까지 해야 하나?

지도자와 정치인을 사랑하는 국민에게는 내일이 없다. 정치인은 연예인이나 아이돌이 아니다. 철저하게 부려먹는 큰 하인에 불과하다. 정치인을 사랑할 게 아니라 감시하고 채찍질해야 옳다. 그래야 국민의 팔자가 국민의 삶이 편안하다.

한술 더 떠서 정치인을 우상으로 만드는 것은 지금 이 시대를 사는 국민의 수치라고 생각한다. 탄핵으로 대통령직에서

쫓겨난 박근혜 전 대통령에게 큰 절을 올리는 국민의 모습. 아주 특별하고 예외적이지만 그 또한 한국정치 문화의 한 단면이기도 하다. 대통령과 국회의원은 왕도 벼슬아치도 아니다. 그들은 국민이 월급을 주고 부리는 종에 불과하다. 그래서 공복이라는 말이 있는 것이다.

머슴과 하녀를 대신해서 스스로 머슴 노릇이나 하녀를 하겠다는 주인이 바로 대한민국 국민이다. 그래서 대통령 복이 지지리도 없는 것이다. 주인이 주인 노릇을 못하면 대신 하인이 주인 노릇을 한다. 지금까지 한국 정치가 그랬다. 나를 비롯한 대한민국 국민이 제발 주인 노릇 좀 제대로 했으면 한다.

오랫동안
지켜본 그대, 전여옥

참, 고맙습니다.

이 글을 쓰면서 눈부신, 불꽃같은, 찬연한, 강인한, 그리고 우아한 그대와의 만남 40년을 복기하는 즐거움을 누리고 있기 때문입니다.

그대의 20대는 눈부십니다.

그대의 30대는 불꽃같습니다.

그대의 40대는 찬연합니다.

그대의 50대는 강인합니다.

그리고 탄탄한 나이테를 더해가며 이제 60대의 문턱을 방금 넘어선 그대는 우아합니다.

지난 시간을 표현하면서 어법이 어색한 현재형을 선택한 것은 전여옥, 그대에게는 그 모든 형용사가 현재형이기 때문입니다.

전여옥은 스물두 살, 대학 졸업예정자로서 KBS에 기자로 입사했습니다. 보도본부, 문화부, 특집부, 편집부, 국제뉴스부에서 근무하면서 그대만의 눈과 귀와 머리와 가슴으로 취재해낸 전여옥표 싱싱한 뉴스를 시청자들에게 전했습니다.

기자, 전여옥의 비범함을 시청자들은 곧 알아차릴 수 있었습니다. 전여옥표 뉴스는 늘 기대를 뛰어넘었고, 꽃이 아닌 치열한 현장의 기자로서 KBS 1TV〈아침 7시 뉴스〉공동앵커로 발탁되는 신선한 충격을 던졌습니다. 그녀가 펼쳐낼 시간들의 예고편이었습니다. 그때부터 전여옥은 대체 불가한 브랜드가 되었습니다.

서른을 갓 넘긴 그대는 우리나라 방송사상 최초로 여성 해외 특파원이 됩니다. 1991년 1월, 도쿄로 부임하는 센세이셔널한 뉴스는 다른 언론사의 기자가 전여옥 기자를 취재해서 기사를 쓰는 재미있는 현상을 불러일으켰습니다.

《일본은 없다》1편과 2편은 밀리언셀러를 기록한 드문 책이고, 우리 사회를 일본 논쟁으로 달아오르게 했습니다. 이 책에 대한 이효재 선생님의 인증은 감동적이었습니다. 종군위안부 문제를 제기하며, 이를 해결하기 위해 평생을 바치신 여성학자, 이효재 선생님의 인증이기 때문입니다.

그대는《일본은 없다 2》를 쓰면서 "나는 전시형의 인간이다"라고

266

스스로를 정의했습니다. 그리고 전시형 인간인 전여옥은 그 책을 평화형 인간이 될 젊은이들에게 헌정했습니다. 그것은 자기 자신을 다음 세대를 위한 디딤돌로, 거름으로 삼겠다는 다짐이었습니다.

서른여섯 살의 전여옥은 여성을 향해 외쳤습니다.《여성이여 테러리스트가 되라》여자가 여자를 위하는 세상을 위하여, 여자와 남자가 함께 잘 사는 세상을 위한 통렬한 외침이 있는 이 책의 반향은 대단했습니다. 20대와 30대의 여성들은 롤 모델로서 그대의 목소리에 귀 기울였고, 그들은 뜨거운 가슴으로 일에 대한 열정을 키워갔습니다.

마흔, 찬연한: 국회의원

그대는 국회의원으로서 폭풍 가운데 종횡무진했습니다. 마흔다섯 살인 2004년에 정치에 입문해서 2012년 여의도를 떠날 때까지, 최장수 대변인으로서 정치인과 국민들이 그대의 '입'을 주목하게 했고, 선출직 최고의원으로서 존재감을 확실히 했습니다.

비례대표 국회의원으로서 지역구 국회의원으로서 국민만 바라보고 직진하는 모범생이었습니다. NGO 모니터단이 선정하는 국정감사 우수 국회의원상과 특별상을 4년간 내리 수상하기도 했습니다.

전여옥은 갈라파고스급 국회의원이었습니다. 국민의 세금으로 받는 세비는 한 푼도 허투루 쓰지 않겠다는 다짐과 지지하는 국민들이 보내준 기부금은 마지막 1원까지 국민을 위해 쓰겠다는 원칙을 지켰습니다. 식당에서 자신의 크레딧 카드를 내놓고, 늘 자신의 지갑을 연, 쉽지 않은 행보를 고수하기도 했습니다. 그러니 그대를 미워하는 이들도 그대를 어쩌지는 못했습니다.

쉰, 강인한: 꿀단지 엄마

노무현 정권에서는 《폭풍 전야》 1권과 2권을 썼고, 박근혜 정권에서는 《오만과 무능, 굿바이 朴의 나라》를 쓰면서 국민의 편에서 질타를 멈추지 않았습니다. 혹독한 정치 환경은 오히려 그대의 결기를 더욱 날 서게 했습니다.

정치인 전여옥은 날조된 비방과 흑색선전, 악플을 정면 돌파합니다. 피비린내 나는 전장을 방불케한 현실 속에서도 평정을 지키며 아무도 어쩌지 못하는 자신만의 꿈을 지켜갔습니다. 그 궤적이 고스란히 기록된 책이 《i 전여옥》입니다.

그런가 하면 '꿀단지 엄마'로서 학교에 가는 아들의 아침밥을 챙겨주고, 갓 지은 냄비밥으로 아들의 저녁 식탁을 차렸습니다. 그런 사랑 깊은 엄마로서 아들에 대한 사랑을 엮어낸 책이 《흙수저 연금술》입니다.

내 아들에게 주는 알짜 재테크 팁은 세상의 모든 흙수저들을 향한 엄마 전여옥의 응원이었습니다. 파란만장한 삶의 고비를 피하거나 굽히지 않고 돌파해온 그대는 엄마로서 냉혹한 시대를 사는 청년들을 위한 구명정을 띄워 희망을 펼쳐보였습니다.

예순, 우아한: 얼리어댑터

이제 예순으로 진입한 그대, 치열한 전사로 살아왔지만, 여전히 가슴은 뜨겁고 마음은 여리고 삶의 방식은 우아합니다. 이 불가사의를 풀 수 있는 패스워드는 음식과 여행과 책임을 저는 알고 있습니다.

그대의 따뜻한 심성은 요리가 증명합니다. 시장을 누비며 가장 신선하고 좋은 재료를 사서, 자신만의 독창적인 레시피로 뚝딱 요리를 해내는 솜씨는 "머리 좋은 사람이 요리도 잘한다"는 저의 믿음을 증명합니다. 전여옥의 식탁에 오르는 요리와 와인, 커피와 차는 그대가 사랑하는 사람들, 친구들과 선배, 후배들만이 누릴 수 있는 호사입니다.

여행은 그대와 일란성 쌍둥이인가 봅니다. 방랑자 DNA의 피가 시키는 대로 그대는 편한 신발 한 켤레와 해진 청바지면 충분한 여행자로서 지금껏 살아오고 있습니다. 《삿포로에서 맥주를 마시다》와 《간절히@두려움 없이》에 풋풋한 궤적이 담겼고, 여행자로서 충만한 인생의 여정을 《사랑을, 놓다: 길 위의 러브레터》로 펼쳐놓았습니다.

그러나 그 무엇보다 그대를 사로잡고 있는 것은 책입니다. 독서광이라는 타이틀로도 부족할 지독한 책 사랑. 사귄 지 50년이 지났지만, 막 사랑을 시작한 연인처럼 지금도 설렘을 어찌지 못하는 듯 보입니다. 책은 그대의 첫사랑이며 마지막 사랑일 것 같습니다.

국회의원 시절에는 국회도서관이 수여하는 국회도서관 이용 우수상을 받기도 했습니다. 20년 동안 스무 권 가까이 책을 쓴 작가 전여옥에게는 늘 샘솟는 맑고 깊은 샘이 있습니다.

그대는 맹렬한 지적 호기심을 지닌 커뮤니케이션 세계의 얼리어 댑터로서 누구보다 빠르게 시대의 흐름을 이끌어왔습니다. 25년 전 인터넷의 개념조차 낯설던 때, 인터넷 콘텐츠 회사 설립했고, 블로 그라는 낱말이 생소할 때 시작한 블로그 〈OK 톡톡〉은 기사의 취재 원이 될 정도로 콘텐츠 하나하나가 화제를 모았습니다.

지금은 팟빵 〈전여옥의 Sweet Dream〉를 거쳐 유투브 〈전여옥 TV(구 안빵 TV)〉와 네이버 블로그 〈꿀단지 엄마〉, 카페 〈여옥대첩〉을 통 해 세대를 뛰어넘어 교감하며 시대의 방향키를 굳게 잡고 있습니다.

전여옥, 아름다운 가문비나무

나무를 평생 친구로 삼고 있는 저로서는 그대를 생각할 때마다 늘 가문비나무를 떠올립니다. 척박한 환경을 견디며 자라는 가문비 나무는 나이가 들수록 본연의 쓰임과 기품이 드러나기 때문입니다. 메마르고 추운 곳에서 더욱 단단해지며 풍성한 울림을 지니는 가문 비나무는 산촌 오두막의 문틀을 만들지만, 왕후장상을 위한 궁전을 짓기도 합니다. 결이 고와 가구를 만들고, 물에 강해 바다를 건너는 배도 만듭니다.

혹한에서 힘들게 자라며 촘촘한 나이테를 지닌 가문비나무는 무 엇보다 소리 울림이 아름다워서 좋은 악기를 만드는 데 최고입니다. 악기가 될 준비를 하고 있는 나무를 'moon wood' 또는 'tone wood' 로 부른답니다. 그대도 그런 나무를 닮았습니다. 나무는 항상 온도와 습도에 반응하고 항상 변화한다고 합니다. 그대, 전여옥의 삶 역시 지금껏 그래왔습니다.

마틴 슐레스케의 말을 빌려 저의 사랑을 그대에게 드리고 싶습니다. 그는 올해 쉰 네 살, 독일의 현악기 제작자인데 그의 악기는 세계적인 연주자들의 사랑을 받고 있습니다.

"삶이 역겹고 힘들수록 사랑을 믿는 힘이 필요합니다.
바로 우리가 그 사랑으로부터 나왔고,
사랑에 힘입어 살며
마지막에 사랑을 돌려주게 될 것입니다."

그대 전여옥은 가문비나무처럼 힘든 시간을 견디며 아름다운 무늬와 울림을 더하고 기품 있게 나이 들어가게 될 것을, 저는 믿습니다.

2019년 12월
방송작가 김 영 심

산다는 것은 1%의 기적

초판 1쇄 2020년 1월 7일

지은이 전여옥
책임편집 정혜재
마케팅 김형진 김범식 이진희
디자인 김보현 이은설

펴낸곳 매경출판㈜ **펴낸이** 서정희
등록 2003년 4월 24일(No. 2-3759)
주소 (04557) 서울시 중구 충무로 2(필동1가) 매일경제 별관 2층 매경출판㈜
홈페이지 www.mkbook.co.kr
전화 02)2000-2641(기획편집) 02)2000-2636(마케팅) 02)2000-2606(구입 문의)
팩스 02)2000-2609 **이메일** publish@mk.co.kr
인쇄 · 제본 ㈜M-print 031)8071-0961
ISBN 979-11-6484-066-3(03810)

이 도서의 국립중앙도서관 출판예정도서목록(CIP)은 서지정보유통지원시스템 홈페이지(http://seoji.nl.go.kr)와
국가자료공동목록시스템(http://www.nl.go.kr/kolisnet)에서 이용하실 수 있습니다.
(CIP제어번호: CIP2019050087)